Ma vie selon Moi

Sylvaine Jaoui
Illustrations de Colonel Moutarde

Ma vie selon Moi

La rencontre qui a tout changé

– 2 –

RAGEOT

Une première édition de ces textes
a paru sous les titres
C'est pas du cinéma !, *Crème de jour et boîte de nuit*
et *Émotions garanties* (Bac and Love).

Notes et articles de Sylvaine Jaoui.

Conception graphique intérieure : Anaïs Louvet.

ISBN : 978-2-7002-5652-9

Loi n° 49-956 du 16-07-1949 sur les publications
destinées à la jeunesse.

À mes lectrices et lecteurs bien-aimés,
qui sont les meilleurs amis de Justine, Léa, Jim
et les autres,
depuis le début de l'aventure !
Merci...

LE CASTING

LE CLUB DES CIK (lire cinq ou « c'est un cas » au choix)

Justine : seize ans. Un mètre soixante-dix pour cinquante kilos. Toujours en jean et en Converse. Fleur bleue, gaffeuse et rêveuse. Aime les films et les chansons d'amour. Vit avec ses parents et son frère Théo. Terminale S sans conviction. Meilleure amie : Léa (et aussi Patou, la girafe du zoo).

Léa : dix-sept ans. Petite et plutôt ronde. Porte de la dentelle noire, des Doc et de gros bijoux d'argent. Surnommée la sorcière, elle s'intéresse à la voyance et au paranormal. Vit avec sa mère et sa grand-mère depuis la mort de son père. Terminale L spécialité théâtre.

Nicolas : dix-sept ans. Dom Juan. A un langage de charretier. Adore tout ce qui est informatique et bricolage. Cousin de Justine et meilleur ami de Jim. Vit avec son père depuis un an à cause de disputes fréquentes avec sa mère. Terminale STI.

Jim : dix-sept ans. Brun musclé. Vrai gentil qui a toujours des attentions pour chacun mais grand nerveux. A arrêté ses études et travaille au *Paradisio* en attendant de passer son monitorat de judo. A traversé une période difficile (fugues nombreuses) et a avec son père une relation exécrable.

LE CASTING

Ingrid : dix-sept ans. Bimbo du groupe. Passe son temps à tester son pouvoir de séduction sur tous les garçons, ce qui a le don d'agacer toutes les filles. Enfant unique d'un couple âgé. Préoccupée par la mode, les vêtements et les chanteuses à succès. Est sortie avec Jim et Nicolas, il y a longtemps. Terminale ES.

Les autres personnages

Thibault : beau garçon châtain, élégant et énigmatique.

Adam : étudiant en lettres. Très attiré par Léa.
Peter : prof d'art dramatique de Léa. Joue avec son cœur.
Anna : double d'Yseult, son amie. Vit pour chanter.
Yseult : double d'Anna, son amie. Vit pour chanter. (Anna et Yseult sont surnommées les jumelles.)
Patou : la girafe du zoo, animal fétiche de Justine.
Claire : mère de Léa.
Eugénie : grand-mère infernale et géniale de Léa.
Laurent et Sophie : parents de Justine.
Théo : petit frère surdoué de Justine.

Sexy
théorie

Justine – Bonjour tout le monde !

Lorsque je suis entrée dans la cuisine ce matin, on aurait dit un reportage sinistre de *Zone interdite* sur les familles qui n'arrivent plus à vivre ensemble et sont au bord de l'implosion. Mon père buvait son café en regardant par la fenêtre et ma mère déchiquetait d'un air mécontent sa galette bio de riz soufflé comme si c'était un vieux morceau de polystyrène. Théo, navré, les observait en se grattant la tête façon bébé chimpanzé comme à chaque fois qu'il stresse.

Ambiance...

Ma première envie à la vue de ce spectacle a été la fuite mais j'ai été rattrapée par le syndrome de la bonne fée et je suis restée. Je n'aurais pas dû !

Le problème des gens en crise c'est que, lorsque vous tentez de les aider à sortir de la spirale infernale de l'énervement, ils vous entraînent malgré vous sur les territoires volcaniques de la colère.

Justine – Ça va la petite famille ?

Aucune réponse. J'ai tenté la parole zen qui rappelle tous les bienfaits dont on bénéficie et qui permet de relativiser les petits tracas quotidiens.

Justine – On a vraiment de la chance. On est en bonne santé, on vit dans une belle maison, on...

La mère – Une belle maison, il faut le dire vite. Tu as vu l'état de ta chambre ???

Justine – Oui, c'est vrai, il y a un peu de bazar mais demain, c'est les vacances, je vais avoir le temps de ranger.

La mère – Tu dis toujours ça mais tu ne le fais jamais. Tu te souviens de la fois où Françoise, ma sœur, venait pour le week-end et que je t'avais demandé de lui prêter ta chambre. Elle a dormi dans un bazar, la pauvre... Mais un bazar...

Ça y est, c'est parti. Elle est en train de visualiser les strates de vêtements qui traînent au pied de mon lit.

La mère – Elle ne savait plus où poser ses affaires. J'ai eu honte mais honte...

J'ai remarqué une chose avec ma mère, c'est que lorsqu'elle commence à se chauffer sur un sujet, elle répète deux fois le même mot. Bazar mais un bazar. Honte mais honte. Un peu comme si elle faisait de l'autotraining. J'ai essayé de la brancher sur un nouveau sujet.

Justine – Et alors, vous faites quoi pour l'anniversaire des Dubois, dimanche ?

Ma mère a esquissé un léger rictus qui ne laissait présager rien de bon.

La mère – Je ne sais pas. Monseigneur n'a pas encore décidé.

Ouh là... Alerte rouge. S'il y a bien une chose que mon père ne supporte pas, c'est que maman l'appelle Monseigneur.

Le père – Et depuis quand c'est moi qui décide dans cette maison ? C'est nouveau ça ! Parce qu'en général, Madame l'adjudante-chef décide pour tout le monde.

Là, c'est la guerre.

J'ai attrapé Théo qui était accroché à son bol de céréales (une valeur sûre en période de dispute parentale), et on a filé dans ma chambre. Mon petit frère avait l'air désolé.

Théo – Tu crois qu'ils vont divorcer ?

Justine – Oh non ! C'est une dispute, c'est tout.

Théo – Oui mais ça dure depuis hier soir.

Justine – Ce n'est pas grave. Maman est fâchée à cause de la remarque que papa lui a faite au dîner et comme il ne s'est pas excusé, elle continue à bouder.

Théo – Pourtant, moi j'ai trouvé ça rigolo ce qu'il a dit papa.

C'est vrai que c'était drôle ! Je vous raconte...

En ce moment, ma mère traverse une intense période bio. Elle a déclaré la guerre aux pesticides, antibiotiques, colorants, conservateurs, exhausteurs de goût. Du coup, elle vérifie la composition de tout ce qu'elle achète et on ne mange plus de viande. Elle ne fait plus que des légumes aux céréales et, les jours de fête, un dé à coudre de poisson bouilli.

Jusqu'à la semaine dernière, mon père ne disait trop rien mais je sentais son agacement lorsqu'il découvrait le contenu de son assiette. Et hier, il a craqué.

Quand maman, très fière de préserver sa petite famille de l'empoisonnement généralisé, a présenté sa « farandole de crudités, émincé de courgettes et d'aubergines accompagné de son tofu », il a lâché sans un sourire : « Sympa le menu, t'as encore invité des lapins ? »

Ma mère, qui avait passé plus d'une heure à préparer le repas, n'a pas goûté la dimension comique de la remarque et a pris ça pour une attaque personnelle.

Elle a donc claqué la porte de la cuisine avec fracas non sans avoir jeté auparavant son tablier au visage de papa. Geste doublement symbolique : elle rendait son tablier et le provoquait en duel.

Mais si, dans les romans du XIXe siècle, les hommes règlent leurs différends à l'épée en deux temps trois mouvements, mes parents préfèrent la joute verbale sur une durée indéterminée. Et dans ces cas-là, c'est Théo et moi qui en faisons les frais !

Théo – Moi je suis comme papa... J'aime pas les repas pour les lapins. Je préférerais que maman invite des lions, j'adore les steaks !

Justine – Des vieux lions sans dents alors, parce que tu ne manges que des steaks hachés. Allez, je vais prendre ma douche sinon je vais être en retard au lycée. Tu peux finir tes céréales sur mon lit mais attention de ne rien renverser.

Théo – Promis juré.

L'ambiance n'était pas meilleure quand je suis sortie de la salle de bain. Mon père finissait d'habiller Théo en grommelant : « Mais qu'elle ne fasse plus rien dans cette maison, ça m'est parfaitement égal. On mangera des pizzas surgelées et on fera le ménage quand on pourra ! Si elle croit m'effrayer avec ses menaces de grève, elle se trompe. »

Ma mère, quant à elle, s'était enfermée dans sa chambre. J'étais vraiment heureuse de m'en aller.

Je sortais de la maison bleue quand maman a hurlé par la fenêtre :

La mère – JUSTIIIIINE !!!!!

Ça, ça sent le « Tu passes prendre Théo à l'étude ce soir parce que moi, j'ai une réunion qui risque de s'éterniser. » J'ai respiré profondément.

Justine – Oui, maman ?

La mère – Tu passes prendre Théo à l'étude ce soir parce que moi, j'en ai assez d'être à votre service.

Tiens, une variante que je ne connaissais pas encore.

J'ai bien été tentée de lui rétorquer que Théo était son fils et que moi non plus, je n'étais pas à son service mais je n'ai pas eu envie de devenir son punching-ball.

Justine – Pas de problème, maman ! À ce soir...

J'ai juste eu le temps d'embrasser Léa lorsque je suis arrivée au lycée. La cloche venait de sonner et j'avais cours d'anglais. Remarquez, je pouvais me permettre d'être en retard, je ne risquais pas grand-chose.

Mme Myriami a tellement peur de ses élèves qu'elle ne dit jamais rien. Résultat : son cours est une immense foire durant laquelle tout le monde va et vient, fait des maths, de la physique ou n'importe quoi d'autre mais jamais d'anglais. Au dernier cours, Michaël a imité les animaux de la création et le jeu consistait à les identifier et ensuite à faire le cri de leur femelle. C'était intenable.

Au bout de dix minutes, le prof de la classe à côté est entré totalement excédé et a dit sans sourire : « Je préviens les habitants de cette ménagerie que je possède un permis de chasse et que je n'hésiterai pas à tirer. » Il y a eu un silence post big bang.

Mme Myriami s'est ratatinée sur son estrade et a bafouillé des excuses. J'ai vraiment eu de la peine pour elle. J'imagine l'angoisse horrible qu'elle doit ressentir chaque matin avant de venir au lycée.

J'avais mal à la tête à dix heures lorsqu'elle est sortie de la classe et le retour à l'ordre avec le prof de maths m'est apparu comme une bénédiction. Comme quoi, tout est relatif !!! J'ai vite déchanté, le premier exercice des annales de Toulouse a eu raison de mes nerfs. Si je tombe sur un truc pareil au bac, c'est sûr que je repique.

Évidemment Brice a fini en moins de dix minutes et a demandé au prof s'il pouvait « liquider » le second en attendant. Moi, il m'a fallu les deux heures.

Je le hais !

– Tu comptes les revendre à la sortie ?

Léa regardait d'un air inquiet ma main droite. J'ai suivi son regard et j'ai réalisé que je venais d'empoigner une vingtaine de fourchettes pour les mettre sur mon plateau. J'avais beau être arrivée à la cantine, mes équations de la cinquième dimension continuaient à me perturber.

Justine – Mais qu'est-ce que je fabrique, moi ? Ça ne va pas…

Léa – Non, ça n'a pas l'air.

J'ai reposé dix-neuf fourchettes et j'ai choisi mon entrée. Enfin, choisir n'est pas le bon terme parce qu'il laisse entendre que nous pouvons hésiter entre deux choses qui nous plaisent pareillement. Or ce n'est pas le cas. À la cantine, le choix se fait par défaut : nous ne prenons pas le meilleur, nous nous résignons au moins pire. Je sais, ce n'est pas français mais c'est pourtant le reflet exact de la réalité.

Léa – T'avais maths ?

Justine – Comment tu sais ?

Léa – Il suffit de te regarder. Tu as le teint brouillé de ceux qui viennent de faire les annales de Toulouse et qui n'ont pas dépassé le premier exercice.

Incroyable ! Cette fille est incroyable, elle est capable de localiser sur ma peau l'origine de mes équations. C'est une vraie sorcière...

Comme je la contemplais d'un air admiratif, Léa a éclaté de rire.

Léa – Ne me fixe pas comme ça, on dirait que tu viens de voir atterrir un ovni. J'ai croisé Aurélie, c'est elle qui m'a dit pour les annales de Toulouse.

Justine – Ah c'est malin ! Sorcière de supermarché, va.

– Salut les filles !

Oh cette voix dans mon dos... Qu'on mette de la cire dans les oreilles de mes compagnons et qu'on m'enchaîne au mât du bateau ou je plonge immédiatement dans les flots déchaînés.

Léa – Bonjour Thibault.

Thibault – Coucou Léa !

Nue sur le rivage, sauvée in extremis par Athéna, je replongerai quand même dans les eaux bouillonnantes pour entendre encore une fois le son mélodieux de cette voix enchanteresse. Léa s'est penchée vers moi et m'a chuchoté à l'oreille :

Léa – Il y a un problème avec Thibault ? Tu ne lui dis pas bonjour ?

J'échapperai à Charybde et Scylla, je crèverai l'œil du cyclope, j'évincerai Calypso, Nausicaa, Circé et cette hypocrite de Pénélope et c'est avec moi que Thibault dormira dans le lit d'olivier, son grand arc à la main.

Nicolas – Dis donc Justine, c'est de choisir entre des concombres trop salés et des radis creux qui te fait soupirer comme ça ?

Quoi ? J'ai soupiré ?

Devant le sourire moqueur de Thibault, je me suis sentie mortifiée. J'ai pris le premier plat qui se présentait devant moi et suis allée m'asseoir.

Léa – Alors Nico, cette soirée avec Agathe, c'était comment ?

Nicolas – Le chocolat est cent pour cent cacao mais ne se laisse pas facilement croquer. Elle vient avec nous en boîte demain.

Léa – T'es lourd mais c'est bien, ça fera un peu de couleur dans le club des CIK+I !

Je n'ai pas écouté la suite de la conversation, Thibault s'était assis près de moi et j'ai senti sa cuisse frôler la mienne. Impossible qu'il ne le fasse pas exprès. Je l'ai regardé et il m'a souri d'un air complice.

D'où vient l'expression « ne pas écouter le chant des sirènes »

Dans l'Odyssée, les Sirènes représentent avec Charybde et Scylla et les Roches Planctes l'une des trois épreuves que va affronter Ulysse après avoir quitté l'île de Circé. Heureusement, la déesse lui a inspiré une ruse pour échapper aux Sirènes, êtres monstrueux dont les voix douces et harmonieuses entraînent ceux qui les entendent vers la mort. Après avoir bouché les oreilles de ses compagnons, Ulysse, attaché au mât de son navire, peut écouter le chant merveilleux des sirènes sans risques.

Oh Thibault, mon roi d'Ithaque, tu peux partir vingt ans, je t'attendrai, tissant le jour le linceul de ton père et défaisant la nuit mon ouvrage. Pas un prétendant ne touchera mon corps nu. Je boirai la fiole, me faisant passer pour morte, et je te laisserai un SMS sur ton portable pour que tu ne te méprennes pas sur mon décès...

D'accord, ce n'est pas la même histoire mais il vaut mieux mettre toutes les chances de notre côté.

J'en étais encore à m'imaginer assise en croupe sur le cheval de Thibault galopant à travers les forêts giboyeuses pour échapper à la vengeance des Capulet, des Montaigu et de Poséidon réunis lorsque le cours de SVT a commencé. Mme Chabret, la prof, nous a distribué une liste sans expliquer de quoi il s'agissait.

J'ai lu :

– la subduction
– la collision des plaques tectoniques
– la datation relative et absolue
– les remaniements chromosomiques
– la procréation
– les défenses immunitaires
– la prévention des MST.

La prof de SVT – Voici la liste des exposés obligatoires de l'année. Chaque sujet comporte quatre questions. Vous devez donc choisir le thème et la question que vous traiterez.

Michaël – On est obligé d'en prendre une ?

La prof de SVT – Non, bien sûr que non... Surtout si vous pouvez vous permettre d'avoir un zéro coefficient 2 dans votre moyenne.

Elle me fait rire cette prof... Jamais un mot plus haut que l'autre mais elle remet en place tous les élèves qui la provoquent.

Elle a continué :

La prof de SVT – Chaque élève devra me rendre un travail documenté qui ne doit surtout pas être un copier-coller d'Internet. Je signale à ceux qui voudraient tenter leur chance que j'ai repéré la plupart des sites sur les sujets proposés et que je reconnaîtrai sans difficulté les emprunts. Suivant un calendrier annuel que je vous communiquerai tout à l'heure, chacun présentera à la classe durant dix minutes le fruit de ses recherches. Vous êtes vingt-huit, il y a vingt-huit questions différentes, je vais vous demander de sélectionner celle qui vous intéresse.

J'ai relu la liste tandis qu'une forêt de doigts se levait.

Moi, j'hésitais : collision des plaques tectoniques ou subduction ? Ça m'a fait le même effet qu'à la cantine, lorsqu'on doit choisir entre un hachis Parmentier à base d'une viande improbable ou un cabillaud qui n'a pas vu la mer depuis plusieurs générations.

La prof de SVT – Il me reste deux sujets et donc deux élèves qui ne se sont pas manifestés : Justine et... Michaël. Honneur aux demoiselles ! Alors Justine, la partie 3 de la défense immunitaire ou la partie 2 de la prévention des MST ?

Justine – Euh... Je ne sais pas...

La prof de SVT – Je vais choisir pour vous alors. J'ai besoin du plus grand sérieux pour la partie 2 de la prévention des MST, donc je vous inscris. D'accord ?

Justine – Euh d'accord...

La prof de SVT – Il vous faudra profiter des vacances de la Toussaint parce que c'est le deuxième exposé après la rentrée. Rappelez-moi de vous donner le matériel dont vous aurez besoin pour l'exposé.

Tandis que la prof commençait son cours, j'ai lu cette fameuse question de la prévention des MST et j'ai compris pourquoi personne n'en avait voulu : « Quel est le rôle du préservatif dans la prévention du sida ? » Génial... Je ne voyais vraiment pas comment j'allais pouvoir parler de ça devant une classe d'agités. J'imaginais déjà les ricanements et les remarques en tous genres !

Lorsque la cloche a sonné, Mme Chabret m'a demandé de rester quelques minutes après les autres. Elle a attendu que les élèves aient quitté la salle pour aller chercher un sac en plastique dans son armoire métallique. Elle m'a invitée à me rasseoir.

La prof de SVT – Je suis contente que ce soit vous, Justine, qui vous chargiez de cette partie de l'exposé. C'est un sujet quelque peu sensible.

Oh comme je n'aime pas ce préambule avec voix doucereuse et regard plein de compassion. Ça sent la désinfection douce avant l'horrible coup de scalpel.

Elle a ouvert son sac.

J'avais tort, ce n'était pas la désinfection douce avant l'horrible coup de scalpel... C'était pire ! Le calme sur la plage d'Hawaï avant l'attaque de Pearl Harbor.

Je n'en ai d'abord pas cru mes yeux. J'ai même pensé, durant un court instant, que Mme Chabret était une perverse polymorphe qu'il fallait que je dénonce sur-le-champ à l'Éducation nationale. Mais son discours ultra scientifique sur l'objet qu'elle me tendait m'a fait douter.

La prof de SVT – Ceci est un pénis en plastique et, comme vous pouvez l'observer, il a été moulé en phase d'érection. Cela permet d'expliquer la mise en place du préservatif. Je vous le confie ainsi que cinq préservatifs pour que vous puissiez vous entraîner et expliquer à vos camarades son rôle actif dans la prévention du sida et autres MST. Je précise que cela fait strictement partie du programme de terminale S en SVT. Ça ira ?

Je ne crois pas, non... Je ne vois pas comment je vais sortir cet objet en cours sans ruiner ma réputation. Il faut absolument que je le lui dise. Allez courage Justine, c'est un sujet qui est peut-être au programme, mais ce n'est pas une raison pour accepter de faire n'importe quoi.

La prof de SVT – Bien... Je vous souhaite de bonnes vacances, Justine.

Non, il ne faut pas que je parte dans ces conditions, je dois trouver le courage de lui expliquer...

Justine – Vous aussi, madame.

Je me suis levée, j'ai pris la chose que la prof avait emballée et je suis sortie de la salle sans un mot.

Léa a explosé de rire, lorsque, une heure plus tard, cachée derrière un arbre de la cour, je lui ai montré mon matériel pédagogique.

Léa – Finalement, j'aurais dû faire une S, c'est beaucoup plus sexy qu'il n'y paraît.

Justine – C'est tout ce que tu trouves à dire ?

Léa – Tu préférerais que je te demande en rougissant de me prêter ton nouveau jouet ?

Justine – Je crois que tu n'as pas bien compris la situation. Je te réexplique : il va falloir que je sorte ce truc devant une classe de trente élèves dont quatorze garçons totalement obsédés. Et qu'en plus je leur fasse une démonstration en live sur la pose du préservatif.

Léa – Voilà un travail d'utilité publique, on peut te féliciter d'œuvrer pour la santé des jeunes de ce pays ! Sais-tu que le préservatif est le seul moyen de se protéger du sida ?

Justine – Tu te fiches de moi là ?

Léa – Oui !!! Très franchement, je n'aimerais pas être à ta place mais il ne faut pas en faire un drame. Tu dois juste t'entraîner pour avoir le geste sûr, le jour de l'exposé. Plus tu la joueras technique, moins tu prêteras à rire. Dans les pubs à la télé pour vendre des Tampax avec l'ouverture en corolle, ce n'est pas évident non plus... Eh bien, les comédiennes prennent un ton super scientifique avec blouse blanche et lunettes de chercheur, et ça passe ! Si tu veux, on peut commencer tout de suite à s'entraîner.

Justine – Il faut d'abord que j'aille chercher Théo.

Léa – Quand je te disais tout de suite, je ne comptais pas commencer derrière l'arbre, je pensais bien qu'on allait attendre d'être chez toi.

Justine – Très drôle !

Léa – Allez Justine, rigole. Tu vas devenir celle qui met les capotes plus vite que son ombre. Ça te sera utile le jour où Thibault et toi, vous...

Justine – Parce que c'est à la fille de poser le préservatif ???

Léa – Pourquoi pas ?

Justine – Maladroite comme je suis, ça sera une cata.

Léa – Bon, en attendant le drame sous la couette, on va chercher Théo et j'offre une tournée de meringues au chocolat et de tartes à la framboise. Ma mère m'a donné une partie de son salaire pour sa dernière pige, je suis pétée de thune comme dirait Nicolas.

Justine – Yes ! Manger des gâteaux, voilà un plaisir simple qui se savoure sans plastique.

Théo m'attendait tout triste sur un banc de l'école. Quand il m'a vue, il s'est levé d'un bond. J'ai pu lire sur ses lèvres qu'il criait mon prénom. Il s'est jeté dans mes bras.

Justine – Pourquoi tu angoisses comme ça ?

Théo – J'avais peur que tu m'oublies.

Justine – Je t'ai déjà oublié ?

Théo – Oui, une fois.

Justine – C'est vrai mais c'était il y a longtemps et je t'ai demandé pardon mille fois.

Théo – Tu m'as même acheté un cadeau pour que je ne le dise pas à maman.

Justine – Plus exactement, j'ai été victime d'un chantage : soit je t'achetais ta maquette d'avion soit tu racontais tout à maman.

Théo – Et je lui ai rien dit.

Justine – Il ne manquerait plus que ça... Qu'en plus d'être un maître chanteur, tu sois un menteur.

Théo – Et là, dans le sac en plastique, c'est un cadeau pour moi ?

Durant un dixième de seconde, j'ai imaginé Théo m'arrachant le sac des mains et sortant le pénis en plastique devant Mme Bougnat, la directrice revêche de son école. J'ai hurlé en protégeant mon bien :

Justine – Non, ce n'est pas pour toi.

Et devant l'air déçu de Théo, j'ai vite ajouté pour me faire pardonner :

Justine – Regarde, il y a Léa, là-bas. Elle nous a acheté plein de gâteaux.

Théo – OUAIS !!!

Arrivés à la maison, j'ai fait chauffer de l'eau pour le thé et on s'est installés dans la cuisine pour le goûter. On a trinqué aux vacances de la Toussaint en cognant nos meringues au chocolat.

Léa – Tchin Justine...

Justine – Tchin Léa...

Théo – Et moi, je suis trop petit pour tchiner?

Léa – Non !!! Tchin, Théo chéri.

Dès qu'on a eu fini de se goinfrer de sucres hyper rapides, j'ai installé mon petit frère devant son DVD du *Monde de Nemo* pour qu'il nous laisse tranquilles. Il fallait absolument que je règle avec Léa cette histoire de préservatif. Je n'avais pas envie que ça me pourrisse les vacances.

On s'est enfermées dans ma chambre et j'ai sorti le matériel. On n'a évidemment pas pu s'empêcher de piquer un fou rire.

Justine – Tu crois que c'est aussi grand dans la réalité?

Léa – À certains moments, oui...

On a frappé à la porte. Totalement paniquée, j'ai jeté la chose sous le lit. Ingrid a passé la tête :

Ingrid – Je dérange?

Justine – Euh non...

Ingrid – On ne dirait pas ! Qu'est-ce que vous faites?

Et tandis que je cherchais une activité avouable, Léa a déclaré avec un sourire diabolique :

Léa – On parlait sexe.

Ingrid – Alors je reste !

Après tout, ai-je pensé, avec son expérience des garçons, elle va sûrement pouvoir nous aider. J'ai ressorti mon nouveau jouet sans aucune explication. Je dois avouer que j'ai été très fière de mon petit effet. Ingrid nous a dévisagées avec des yeux comme des soucoupes.

Ingrid – Alors vous, vous n'y allez pas avec le pot de la cuillère.

Léa – Non, plutôt avec le couvercle !

Et joignant le geste à la parole, Léa a montré les préservatifs qu'elle avait en main.

Justine – Ingrid, tu vas nous aider...

Ingrid – Ah bon, comment ?

Justine – Ceci est un pénis en plastique.

Ingrid – Merci, j'avais reconnu.

Justine – Je n'en doute pas, je te sais familière de ces... de ce... Bref, je sais que tu connais. Pour un exposé de SVT, je dois expliquer le rôle du préservatif dans la prévention du sida et au cours de ce travail, je dois montrer comment on met une capote. Dans la mesure où nous n'avons aucune expérience de la chose, nous comptons sur ton aide précieuse et experte !

Ingrid – Ah...

Léa – Ça t'ennuie ?

Ingrid – Non, bien sûr. Je suis la première à l'imposer à mes mecs, au moins je suis sûre d'être bien protégée.

Justine – Alors, après vous, miss !

Ingrid a déchiré une pochette et a sorti le préservatif avec un drôle d'air. Elle l'a entièrement déroulé et a essayé ensuite de l'enfiler sur le matériel pédagogique.

Je tentais de mémoriser chacun de ses gestes pour être aussi performante qu'elle lorsque j'ai vu que Léa souriait.

Léa – T'es sûre que tu sais t'y prendre, Ingrid ?

Ingrid – Euh non... Euh oui... Enfin... C'est que je n'ai pas l'habitude de le faire sur un truc en plastique devant des copines.

Et elle a continué à s'acharner. À force d'insister, le préservatif a fini par se déchirer. Elle a essayé avec deux autres capotes. Même résultat.

Ingrid – Je vous assure que c'est beaucoup plus simple en vrai.

Léa – Certainement, surtout quand on l'a déjà fait !

Ingrid – Qu'est-ce que tu insémines ?

Léa – Qu'est-ce que j'insinue plutôt ? Mais le problème est bien là... Je crois, chère Ingrid, que tu n'as jamais mis une capote sur quoi que ce soit et même que tu n'as sans doute jamais couché avec un garçon. Tu joues les filles hyper libérées mais tu racontes des bobards. Pour ton information, je vais te montrer comment on procède : on déchire la pochette bien en haut avec le bout des doigts en évitant d'utiliser ses ongles, pour ne pas percer le préservatif. Ensuite, on sort le préservatif en pinçant légèrement la partie supérieure appelée réservoir. On pose la capote encore enroulée – je répète : encore enroulée – sur le pénis et avec l'autre main, on la déroule tout doucement jusqu'en bas.

Évidemment, Léa ne s'est pas contentée d'un discours, elle l'a accompagné d'une démonstration impeccable. Elle n'avait ni blouse blanche ni lunettes mais sa démo était très scientifique. Cette fois-ci, c'est moi qui l'ai dévisagée avec des yeux ronds comme des soucoupes.

Ingrid, quant à elle, a attrapé son sac et elle a déclaré d'un air théâtral :

Ingrid – Et alors, qu'est-ce que ça peut te faire que j'aie jamais couché avec un garçon ? C'est une obligation légale ? En revanche, comment se fait-il que tu saches si bien t'y prendre, toi ?

Et elle a claqué la porte de la chambre. J'ai regardé ma meilleure amie, elle fixait le bout de ses chaussures. Il y a eu un lourd silence. Effectivement, comment Léa savait-elle tout ça ?

Toutes mes certitudes s'écroulaient d'un coup. Ingrid venait d'avouer qu'elle était encore vierge et il y avait une gigantesque zone d'ombre sur la vie amoureuse de Léa.

Justine – Alors ?

Léa – Alors quoi ?

Justine – À la question « Comment se fait-il que tu saches si bien t'y prendre ? », quelle est la réponse ?

La porte s'est de nouveau ouverte. Évidemment, une seule sortie théâtrale ne suffisait pas à Ingrid, elle revenait à la charge. Je ne me suis même pas retournée.

– Et moi aussi, j'ai le droit d'avoir des ballons ?

J'ai fait un bond. Ce n'était pas la peste mais Théo qui, de l'entrée, observait avec intérêt les capotes qui jonchaient le sol. Léa s'est déplacée habilement sur la droite pour cacher le sexe en plastique.

Justine – Théo, tu sors immédiatement de ma chambre.

Théo – Non... Vous êtes des méchantes, vous voulez jouer toutes seules avec vos ballons et votre gonfleur.

Justine – Quel gonfleur ?

Théo – J'ai bien vu que Léa, elle cache un gonfleur derrière son dos pour pas que je le voie.

J'aurais voulu garder mon sérieux mais devant Léa qui se contorsionnait pour tenter de faire disparaître l'objet du délit sous mon bureau, j'ai explosé de rire. Théo a cru que je me moquais de lui et il est parti en pleurant. Léa s'est mise à rire à son tour...

Décidément depuis que cet objet était entré dans ma vie, c'était de la folie douce !

Léa – Je le mets où le gonfleur ?

Justine – Je ne sais pas. Il va falloir le planquer parce que Théo va chercher à le retrouver. Au fait, tu ne m'as toujours pas dit comment tu étais devenue experte en capotes ?

Léa a perdu sa belle humeur d'un seul coup. Elle a pris son inspiration comme quelqu'un qui va parler mais rien. Elle s'est mordu la lèvre inférieure, m'a fixée droit dans les yeux, a de nouveau inspiré puis elle a soupiré longuement.

Justine – C'est si grave que ça ?

Léa – Non, seulement tu vas m'en vouloir, Justine.

Justine – Tu as suivi des cours de pose de préservatif sur pénis en plastique sans me le dire et maintenant tu ne sais pas comment me l'avouer ?

Léa semblait tellement mal à l'aise que je n'ai trouvé que cette plaisanterie fumeuse pour la détendre.

Léa – J'ai voulu t'en parler des tas de fois cet été mais tu étais tellement remontée contre lui que je n'ai pas osé. Et puis j'étais bouleversée...

Justine – De quoi tu parles ? Contre qui j'étais remontée ?

Léa – Peter...

Justine – Eh ben quoi, quel rapport entre Peter et...

Je n'ai pas fini ma phrase. Comment n'y avais-je pas pensé avant ? Léa avait couché avec Peter. Je l'ai regardée, horrifiée.

Justine – Et tu m'as caché ça ? Mais t'es dégueulasse... On s'était promis que la première qui le ferait raconterait tout à l'autre. Et ça dure depuis longtemps ?

Léa – Juste un soir. Le jour des résultats du bac français. En fait, il m'avait donné rendez-vous dans un café pour fêter mes notes et j'ai fini la soirée chez lui.

Je suis restée un long moment à digérer ma colère contre Léa. Et puis, j'ai réalisé que ça avait dû être très dur pour elle de dissimuler un événement pareil. Surtout que, si je comprenais bien la situation, Peter n'avait pas cherché à la revoir après. Enfin si, deux mois plus tard, pour lui donner un rendez-vous auquel il n'était même pas venu.

Léa

À tous celles qui rêvent de tomber passionnément amoureuses, je conseille de lire ça. C'est pas pour dire mais les histoires d'amour finissent mal, en général !!!

Aujourd'hui, 22h10 · J'aime · Commenter

Jim et **Ingrid** aiment ça.

Léa Tous ces personnages sont morts à cause de l'amour : Roméo et Juliette, Tristan et Iseult, Paul et Virginie, Manon Lescaut, Marguerite Gautier, Phèdre... Vous remarquerez que dans ma liste, soit les amants meurent tous les deux, soit c'est la fille qui meurt. Dans tous les cas, il y a 100 % de mortalité chez les filles !
Alors, toujours envie de tomber passionnément amoureuses ???

Aujourd'hui, 22h12 · J'aime

Je lui ai chuchoté à l'oreille :

Justine – Alors, cette première fois, c'était bien ?

Léa a souri avec des étoiles dans les yeux.

Justine – Si bien que ça ???

Léa – Mieux encore...

Justine – T'as eu peur ?

Léa – Pas une seconde.

Justine – Ça fait mal ?

Léa – Au contraire...

Justine – Tu vas tout me dire ?

Léa – Seulement ce que la décence m'autorisera !

Et c'est assise sur le parquet de ma chambre que Léa s'est confiée à moi. Je savais que ce jour arriverait où l'une de nous deux raconterait à l'autre sa première expérience sexuelle, j'étais d'ailleurs certaine que ce serait Léa mais ça m'a fait drôle.

C'est idiot, je me suis mise à pleurer.

Léa – Pourquoi tu pleures ?

Justine – Je ne sais pas... Parce que ça y est, t'as couché avec un garçon, après le bac on quittera le lycée pour toujours, on partira tous de la maison bleue et on prendra un appart près de la fac...

Léa – Ben c'est génial ! Tu n'attends pas ça avec impatience ?

Justine – Si... Mais on ne sera plus jamais des petites filles.

Léa – Non, c'est sûr, on ne sera plus jamais des petites filles.

Après un court moment de silence, ma meilleure amie a ajouté :

Léa – Être des femmes, c'est pas mal non plus, tu sais ! Il ne faut pas que tu t'inquiètes. Les choses vont se faire tout doucement et puis on aura toujours la possibilité de revenir ici pour doubler *Pretty woman* avec fraises Tagada et Nutella.

Et attrapant sous le bureau le sexe en plastique, elle me l'a mis sous le nez. J'ai éclaté de rire.

Léa – Est-ce que j'ai besoin de te remontrer la mise en place d'un préservatif ou ai-je été assez claire ?

Justine – Parfaitement claire. D'ailleurs file-moi le matos, je vais te prouver sur-le-champ que l'élève dépasse le maître.

Et alors que je brandissais de la main gauche le superbe moulage et de l'autre un préservatif, la porte de ma chambre s'est de nouveau ouverte avec fracas.

– C'est quoi cette sombre histoire de ballons et de gonfleur que vous ne voulez pas prêter à Théo ?

Si je n'avais pas vu Thibault derrière mon cousin, j'aurais pu rire de la situation mais là, je dois avouer que j'ai vécu un grand moment de solitude. Je suis restée pétrifiée, les mains en l'air.

Nicolas m'a regardée bizarrement. J'ai voulu lui expliquer.

Justine – Je m'avance pour mon exposé de la rentrée.

Nicolas – Oui, ça se voit...

Mon cousin a dit cette dernière phrase en fixant lourdement les préservatifs qui traînaient par terre. Thibault a souri. J'ai évalué à sa juste valeur le ridicule de la situation.

Nicolas – Allez, on vous laisse travailler, les filles. Viens Théo, je te prête mon ballon de foot.

Théo – Le beau en cuir de quand t'étais petit ?

Nicolas – Oui... Il faut se soutenir entre garçons ! Léa et Justine, vous nous rejoignez en bas quand vous avez fini votre atelier ballons, d'accord ?

Il m'a fallu plus d'une heure pour oser descendre chez Thibault. Malgré le coaching intensif de Léa, je ne savais pas comment j'allais pouvoir soutenir le regard de mon prince. Dans l'escalier, elle m'a rassurée.

Léa – Laisse-moi expliquer les choses avec simplicité et tout se passera pour le mieux.

En réalité, Léa n'a pas eu l'occasion de plaider notre cause. Jim et Yseult étaient en train de boire un verre avec les garçons et la discussion tournait autour du permis de conduire.

Nicolas – C'est super cher. Le code, ça va encore mais t'as vu le prix d'une heure de conduite : 38 euros ! Quand tu penses qu'il en faut vingt au minimum.

Yseult – Vingt ? Tu plaisantes ! J'ai une copine, elle en est à quarante heures et ils ne l'ont toujours pas présentée au permis.

Nicolas – Oui, mais c'est une copine.

Yseult – Et alors ? Je ne comprends pas.

Nicolas – C'est une fille, il lui faut plus d'heures !

Tout le monde aux abris... Léa vient d'arborer son sourire de sorcière, elle va enfourcher son balai et partir à l'assaut de la misogynie primaire.

Léa – Les filles et les garçons n'ont pas les mêmes aptitudes à la conduite ?

Nicolas – Ah non vraiment pas.

Léa – Pourquoi ? C'est avec ce que vous avez dans le caleçon que vous appuyez sur les pédales ?

C'est court, efficace, percutant. Ça ressemble à du Nicolas, je pense qu'ainsi présenté, il va se taire.

Nicolas – Décidément, vous êtes obsédées par ce qu'on a dans le caleçon, les filles !

Oh le traître ! J'avais presque réussi à surmonter l'épisode « moulage en plastique » et voilà qu'il en reparlait devant tout le monde.

Nicolas – À ce propos, Thibault et moi on se demandait ce que vous faisiez enfermées toutes les deux, dans la chambre, avec du matériel de sex-shop ?

Les regards se sont tournés vers nous. Jim m'a fixée, interloqué. Je lui ai souri bêtement. Vite, il fallait que je trouve un truc pour calmer le jeu. Euh...

Léa – C'est du matériel pédagogique de SVT en vue d'un exposé sur la prévention du sida, mon petit Nicolas. Mais on ne peut pas t'en vouloir de ne pas savoir faire la différence, tu es un peu jeune. Tu comprendras quand tu seras grand. En attendant, reprenons la discussion sur la conduite féminine, je suis passionnée par ta thèse !

Léa : ten points, strike, la banque du Monopoly, la cagnotte du Loto un vendredi treize... Léa, la très grande !!! Léa, mon amie de toujours, future dialoguiste des meilleurs films français.

Thibault – Désolé de vous interrompre mais est-ce que vous restez tous dîner ?

Nicolas – Oui, mais seulement si on muselle mademoiselle « ni pute, ni soumise » !

Léa – L'époque où on faisait taire les filles est révolue, Nicolas, il fallait naître il y a un siècle ou alors il faut que tu ailles vivre ailleurs. Il y a encore plein de pays où les femmes n'ouvrent pas la bouche. Difficile derrière un bâillon de tissu ou de grillage !

Thibault s'est penché vers moi et m'a chuchoté à l'oreille :

Thibault – Si on les laissait se disputer et qu'on allait tous les deux dans la cuisine préparer des petits trucs à manger ?

Je me suis levée d'un bond. Résultat, j'ai donné un grand coup de tête dans la bouche de mon prince qui n'avait pas eu le temps de se redresser. Il a essuyé rapidement avec le dos de sa main le sang qui perlait à sa lèvre.

Justine – Oh pardon ! Je suis désolée, t'as mal ?

Thibault – Non, c'est rien...

Justine – Je suis si maladroite.

Thibault – C'est pour ça que tu me fais craquer.

Vous avez entendu ? Il a dit : « C'est pour ça que tu me fais craquer. » Je répète parce que je ne suis pas certaine d'avoir bien compris : « C'est pour ça que tu me fais craquer. »

Non, non, c'est bien ça.

Il m'a vraiment susurré à l'oreille : « C'est pour ça que tu me fais craquer. » Je peux donc intégrer l'idée que ce garçon pense lorsqu'il me voit : « C'est pour ça que tu me fais craquer. »

Excusez-moi, je sais que je suis un peu lente mais j'ai besoin de me le répéter pour en être certaine : Thibault, mon prince, le garçon dont je suis amoureuse depuis des années (bon, je ne le connais que depuis quelques semaines, mais j'étais déjà dingue de lui avant de le rencontrer), vient de me déclarer : « C'est pour ça que tu me fais craquer. »

Thibault – Ça va Justine ?

Justine – Oui...

Thibault – On va dans la cuisine ?

Justine – Oui...

Thibault – Tu es sûre que tu veux m'aider à préparer des choses à grignoter ?

Justine – Oui...

Et tandis que je marchais d'un pas rapide, éperdue d'amour, prête à suivre mon bel amant jusqu'au bout du monde, j'ai entendu tout le monde hurler : « Attention Justine !!! »

Trop tard. J'ai ressenti une douleur très forte sur le nez.

Nicolas – Pourquoi elle a foncé dans la porte-fenêtre qui donne sur le jardin ?

Thibault – Je ne sais pas, je lui ai demandé de venir avec moi dans la cuisine mais elle est partie en sens inverse.

Léa – Au lieu de discuter, allez chercher de la glace sinon elle va avoir le nez comme une patate.

Jim – Ça va Justine ? Elle a l'air complètement sonnée.

Yseult – Elle s'est pris un sacré choc.

Ah oui... Un sacré choc... Vous avez entendu ce qu'il m'a dit : « C'est pour ça que tu me fais craquer... » Oh je le redis, c'est trop bon : « C'est pour ça que tu me fais craquer... »

Mise en boîte

Justine – Aïe, tu me fais mal !

La mère – Désolée, mais si tu crois que c'est facile de te mettre de l'arnica sur le nez quand tu bouges...

Justine – J'ai mal à la tête, ce matin.

La mère – C'est à cause du coup d'hier. Tu as une énorme bosse sur le front. Comment as-tu fait pour ne pas voir la porte-fenêtre ?

Justine – Je ne sais pas.

La mère – En tout cas, ça veut dire que les vitres de Thibault sont impeccables.

Vraiment une réflexion de ma mère, ça. Je frôle le traumatisme crânien et elle s'extasie sur l'utilisation d'Ajax vitres du voisin.

La mère – Avec la tête que tu as, les Dubois vont penser qu'on te maltraite.

Justine – Ils viennent ici ce soir les Dubois ?

La mère – Non ! Ah c'est vrai, on ne t'a pas prévenue... Ton père et moi, on a décidé de réserver deux chambres d'hôtel dans le petit village à côté de chez eux.

Justine – Oui et alors ? Je ne vois toujours pas le rapport.

La mère – Eh bien on part ce soir et tu viens avec nous ! Ça te fera du bien un long week-end à la campagne.

C'est de l'humour ou quoi ?

Un week-end entier avec mes parents et leurs ringards de copains. À la campagne en plus !!! Non, mais elle délire ! Sans compter que ce soir c'est LA Soirée boîte avec Thibault. Si elle croit que je vais laisser passer la chance de ma vie pour aller prendre un bol d'air avec leur club du troisième âge, elle se trompe ! Ma mère a le chic pour les idées nulles. À se demander si elle n'a pas inventé ce week-end à la campagne juste pour gâcher mes plans.

Bon, d'accord, elle ne pouvait pas savoir pour la boîte. Je ne lui en ai pas encore parlé. D'ailleurs, pour être tout à fait honnête, je n'en avais pas l'intention. Je me disais que si papa et maman partaient chez les Dubois, je pourrais peut-être éviter le dossier « sortie ».

Est-ce que les parents sont vraiment obligés de connaître à la minute près l'emploi du temps de leurs enfants ?

La réponse est non.

En plus, je connais par cœur les arguments auxquels j'aurais droit :

– Tu es beaucoup trop jeune pour fréquenter ce genre d'endroit.

– Il paraît qu'on met de la drogue dans le verre des filles pour les violer.

– Tu connais les statistiques d'accidents de la route chez les moins de vingt-cinq ans au retour de boîte ?

– Et puis ton bac ? Tu y penses à ton bac ?

Bon, je m'arrête là.

La mère – Alors ? Tu es contente de ce petit week-end au vert ?

Justine – Désolée maman. J'aurais adoré passer du temps avec vous seulement j'ai déjà des projets.

Vous avez admiré la totale maîtrise ?

Je n'ai pas hurlé : « Je n'en ai rien à faire de ton week-end de daube avec tes copains, à compter les tracteurs. » Non, j'ai valorisé la prestation proposée et décliné l'offre en douceur.

Finalement, avec un peu de doigté, c'est facile de manipuler ses parents.

La mère – Projets ou non, tu viens avec nous. Tu peux quand même consacrer un week-end à ta famille, non ?

Justine – Je vous vois toute la semaine, on n'est pas obligé d'y ajouter des week-ends en tête-à-tête !

GHB

Non, les mères ne racontent pas n'importe quoi. Justine, lis ce qu'une collègue a trouvé.

Le **GHB**, appelé aussi *drogue du violeur,* est l'ennemi des soirs de fête. Il suffit de quelques gouttes glissées dans un verre pour que la drogue, indétectable au goût et à l'odorat, fasse son effet. Peu à peu la victime n'est plus maîtresse de ce qu'elle fait. L'agresseur peut alors abuser d'elle en toute impunité, sachant que la drogue entraîne souvent une amnésie.

Les précautions à prendre :

- Ne bois jamais dans le verre d'un autre.
- Ne laisse pas traîner ton verre n'importe où, garde-le à l'œil.
- Ne laisse pas un inconnu t'offrir un pot.
- Fais un pacte avec tes copines : surveillez-vous régulièrement les unes les autres afin de toujours savoir où vous vous trouvez et avec qui.
- Reste vigilante, même avec les garçons que tu connais, ou les amis d'amis.

La mère – On se voit toute la semaine ? Tu plaisantes j'espère ? Tu passes ta vie en bas avec tes amis et le reste du temps, tu es au lycée.

Justine – Excuse-moi de faire des études. Si tu veux, j'arrête sur-le-champ.

La mère – Ah c'est intelligent comme remarque ! Ce que je veux te dire c'est qu'on n'est plus jamais tous les quatre comme avant.

Justine – Oh sois honnête, tu t'en moques complètement qu'on soit tous les quatre ! Ce que tu veux c'est apparaître comme une famille idéale aux yeux des Dubois. Tu vois, moi aussi, j'ai envie de passer un week-end avec mes amis mais tu t'en moques de mon désir, tu ne penses qu'à toi. Est-ce que je t'impose de rester avec mes copains ici alors que tu as envie de partir à la campagne avec papa ?

Alors là, je viens d'appliquer ce que la prof de philo nous a expliqué en cours : repérer la faille de raisonnement chez l'adversaire et l'utiliser pour démolir son argumentation.

Trop forte ! Je suis le Platon du XXIe siècle ! D'ailleurs, ça la laisse sans voix. Elle a zéro argument à m'opposer !

La mère – De toute façon, c'est décidé, tu viens avec nous, point final.

Ça ce n'est pas un argument, mais de la tyrannie parentale.

– Il se passe quoi ici, pourquoi vous hurlez ?

Il ne manquait plus que mon père. Il n'est pas parti faire son jogging ?

La mère – Ta fille ne veut pas venir avec nous à la campagne, elle a prévu autre chose.

Le père – Ah, il y a un problème alors !

La mère – C'est tout ce que tu trouves à dire ?

Mon père a baissé la voix pour que je n'entende pas :

Le père – Déjà qu'il n'y aura aucun jeune de son âge, si en plus elle loupe un truc ici, elle va être infernale.

Waouh !!! Mon père tenant tête à ma mère sur un sujet concernant leurs enfants, c'est une grande première.

La mère – Mais j'ai déjà réservé les deux chambres d'hôtel et puis... son bac, tu y penses à son bac ? Là-bas, elle pourra travailler un peu. Il n'y aura rien pour la distraire.

Oh la traîtresse ! Si elle croit que quiconque peut être convaincu par des arguments aussi fallacieux !

Je rêve ou il a l'air de chercher un moyen d'éviter l'affrontement ?

Le père – Bon, je vais être obligé de vous laisser régler ce petit problème entre filles parce que je dois absolument vérifier la pression des pneus et prendre de l'essence.

La mère – C'est ça... Va t'occuper de la voiture.

Trop content d'échapper à la situation, mon père a pris ses clefs et a disparu comme par enchantement.

Je viens de comprendre pourquoi depuis la préhistoire, les hommes acceptent les défis pénibles du genre chasse au bison, bricolage ou tonte du gazon : c'est pour éviter les problèmes domestiques ! Ce qu'on prend pour un formidable courage : « Reste dans la grotte avec les enfants, ma chérie, je vais, au péril de ma vie, affronter les dangers de la jungle pour rapporter de quoi nourrir ma famille. » doit se traduire ainsi : « Occupe-toi des gosses, du ménage et de la cuisine et je reviendrai avec deux steaks Auchan quand tu auras réglé tous les problèmes. »

C'est pour cette raison que nos mères passent pour des harpies et qu'on se dispute toujours avec elles : elles sont les seules à assumer les conflits ! Mais en même temps, personne ne leur demande d'endosser ce rôle-là, elles doivent l'aimer au fond...

La mère – Eh bien, Justine, qu'as-tu prévu de si important qui t'empêcherait de faire plaisir à tes parents et de passer exceptionnellement un peu de temps avec eux ?

Prudence !!! Pas un mot sur la soirée en boîte ! Si je voulais saisir ma chance, il fallait que je la joue hyper soft.

Justine – Avec Nicolas, Thibault et Léa, on a décidé de bosser ensemble pour avancer dans notre travail pour la rentrée. Ça nous laissera du temps pour trouver un petit job.

Elle est pas belle, celle-là ? Si ma mère n'était pas en train de me regarder fixement, je m'embrasserais les mains et les pieds tellement je suis contente de moi !

Yes !!! Je la sens prête à perdre les arrhes de ma chambre d'hôtel et à abandonner son projet de week-end champêtre, avec moi dans le rôle de l'ado exécrable.

– Justine ! Justine !

Théo venait de faire irruption dans le salon. Ce n'était vraiment pas le moment. Ma mère était sur le point de céder et rien ne devait y faire diversion.

Théo – Justine, tu me regardes quand je te parle !

Justine – Plus tard, Théo.

Théo – Non, parce qu'après je vais oublier et tu vas me gronder.

Justine – Bon, alors dépêche-toi.

Théo – J'ai un message pour toi de la part de Nicolas : « Les affaires reprennent, Agathe m'invite à boire un verre chez elle. Si je ne suis pas à la maison en fin d'après-midi, rendez-vous direct en boîte vers 23 heures. »

Mon impossible petit frère a dit cela avec l'application d'un élève de CE1 qui récite sa poésie.

Ma mère m'a jeté un regard noir.

La mère – C'est quoi cette histoire de boîte ?

Aïe, aïe, aïe, ça c'est la tuile !

Justine – J'allais justement t'en parler quand Théo m'a interrompue.

La mère – Ah oui ? Vraiment ?

Heureusement qu'on n'a pas le nez qui s'allonge à chaque fois qu'on ment parce que là, ce n'est pas un promontoire que j'aurais à la place du nez, mais le mont Blanc croisé avec l'Annapurna.

Justine – Pour fêter les vacances de la Toussaint, on va avec nos copains de classe passer une soirée au Bijou. C'est Brice qui a tout organisé.

Non là, j'exagère. Je voulais un argument de choc capable de faire plier ma mère et je viens d'énoncer un contresens total, elle va vite découvrir que je la baratine.

La mère – Brice ? TON Brice ? Celui qui a vingt de moyenne générale depuis la sixième ?

Justine – Oui ! Il adore préparer des fêtes.

Je ne sais pas comment j'ai fait pour ne pas exploser de rire. Brice en boîte, c'est à peu près aussi plausible que la reine d'Angleterre posant en string pour *Entrevue*. Alors Brice en organisateur de soirées branchées, on planait en plein délire supracosmique.

La mère – Et pourquoi Nicolas vient ? Il n'est pas dans votre classe.

Justine – Brice a organisé cette fête pour toutes les terminales du lycée. Léa nous accompagne aussi. Tu comprends, ma petite maman chérie, pourquoi je ne peux pas louper une soirée pareille ???

J'ai prononcé ces mots en prenant ma mère dans mes bras. Je ne me souvenais pas qu'elle était aussi petite. À moins que j'aie encore grandi.

La mère – Mais qui va venir vous chercher ?

Je tenais le bon bout.

Justine – On rentre à pied à la maison. Léa dort ici, Jim et Nicolas chez Thibault. Tu vois, pas de soucis pour la route.

J'avais réglé le problème de circulation routière, mais j'étais sûre qu'elle se faisait un film avec alcool, drogue et sexe à tous les étages. Vite, il fallait que je trouve, l'air de rien, LA phrase qui allait la calmer.

Justine – Les garçons sont énervés parce que Brice a exigé que ce soit une soirée lycéens, c'est-à-dire sans alcool et sans tabac...

... enfin, seulement pour ceux qui le veulent.

Cette fin de phrase, je l'ai prononcée dans ma tête parce que comme ça, j'avais l'impression de moins mentir à ma mère. Mais c'est un peu sa faute si j'étais obligée de travestir la vérité. Elle est tellement anxieuse que je devais la protéger.

La mère – Il est bien ce garçon.

Justine – Qui ça ?

La mère – Brice.

Justine – Ah oui, Brice, il est vraiment génial.

Arghh !!! Si quelqu'un m'entendait, je me ferais hara-kiri.

Justine – Alors, c'est d'accord ma petite maman ?

La mère – Je ne sais pas. Tu m'embrouilles. J'avais prévu qu'on aille à la campagne tous les quatre.

Justine – Ce n'est que partie remise. D'accord ?

La mère – Fais ce que tu veux...

Elle a dodeliné de la tête en me regardant et elle est partie dans sa chambre sans ajouter un mot. Bon, j'en avais pour quelques heures de soupe à la grimace puis elle se calmerait.

Théo – Mais comment vous allez faire pour respirer ?

Ah Théo, je l'avais oublié celui-là. Installé sur le canapé avec sa game boy, il me fixait derrière ses petites lunettes.

Justine – Respirer où ça ?

Théo – Ben, si vous allez dans une boîte et qu'il n'y a pas de trous, comment vous allez respirer ?

Justine – Je ne comprends rien à ce que tu me racontes.

Théo – Si on vous met tous dans une boîte en carton et qu'on la ferme, il n'y aura plus d'oxygène. Alors, comment vous allez faire pour respirer ?

Justine – T'es débile ou quoi ? C'est pas une boîte en carton. Une boîte c'est comme un restaurant mais au lieu de manger, on danse.

Théo – Ah d'accord... Je me disais aussi qu'il faudrait qu'elle soit très grande pour mettre tous les enfants de ton école.

Mon petit frère parfois, il fait de la poésie avec la vie.

Lorsque mon père est rentré, il a décidé de partir illico à la campagne rejoindre les Dubois. Ma mère, qui avait fini son hibernation dans sa chambre, a rétorqué qu'il fallait d'abord déjeuner. C'est pas vrai... Ils n'en finissaient pas de partir.

Le père – On mangera dans un Courtepaille, Théo adore.

En réalité, mon père rêvait de dévorer une entrecôte de quatre cents grammes bleue comme la mer et c'était un moyen habile d'échapper aux galettes tofu-brocolis que maman avait préparées. Mais cette proposition honteuse ajoutée au perfide « T'as invité des lapins ? » n'est pas passée. Ma mère a rétorqué d'un air glacial en nous regardant alternativement :

La mère – Puisque tout le monde ici fait exactement ce qui lui plaît, je vais agir comme bon me semble. Vous voyez, moi j'ai envie de voir des DVD dans mon lit sans que personne me demande quoi que ce soit. Deux journées entières sans entendre : « Maman, il est où mon tee-shirt kaki ? Maman, tu m'as préparé le chèque de la cantine ? Chérie, il n'y a plus de filtres à café, c'est normal ? » Alors bon week-end à tous.

Et elle est repartie dans sa chambre sous l'œil médusé de mon père.

Le père – Mais qu'est-ce qu'elle a en ce moment ?

Et comme, dans la vie, chacun cherche un responsable pour ne pas avoir à porter le poids de ses fautes, il a ajouté à mon intention :

Le père – Elle est visiblement énervée parce que tu ne veux pas venir à la campagne. Le plus simple serait que tu fasses un effort.

Et puis quoi encore ?

Justine – Si tu avais évité le sujet viande rouge et accepté de goûter ses galettes, les choses ne se seraient pas envenimées.

Théo – Bon, on fait quoi alors ? Je comprends rien à cette famille ! On regarde des DVD en mangeant les galettes de maman ou on va à la campagne avec Justine manger de la vache ?

Le père – Oh tout est toujours compliqué ici et puis merde !

Théo – T'as dit un gros mot, la maîtresse va te frotter la langue avec un piment rouge.

Étonné, mon père a regardé Théo et il a éclaté de rire.

Le père – Pardon... Je ne le dirai plus ! Bon, je vais essayer d'arranger les choses avec votre mère.

J'ai prié pour qu'il arrive à la convaincre. Il fallait absolument qu'ils débarrassent le plancher. S'ils restaient, ma mère n'accepterait jamais que j'aille en boîte.

Mon Dieu, faites qu'ils s'en aillent pour que je puisse retrouver mon Thibault.

Je n'étais pas certaine que le Dieu de ma grand-mère fasse un effort pour un tel vœu. Il valait peut-être mieux que je m'adresse à Bouddha, que je lui prouve ma bonne volonté.

Siddharta (je crois que c'est le prénom de Bouddha), je vous promets que je serai sage et que je ne fumerai rien d'interdit. Je baisserai les yeux quand un garçon me regardera (sauf Thibault bien entendu) et je ne répondrai à aucune avance (même condition que plus haut).

Il serait peut-être judicieux que je m'adresse à un autre Dieu pour mettre toutes les chances de mon côté.

Allah, je vous jure que je ne critiquerai plus jamais Ingrid.

Là, désolée mais je peux pas faire plus...

J'ai désormais la preuve qu'une puissance surnaturelle existe et qu'elle m'écoute parce que je n'avais pas fini de réciter ma prière que mes parents sont sortis de la chambre, main dans la main et tout sourire.

Le père – Allez Théo, va vite chercher ton petit télescope et tes jumelles, on part à la campagne.

Théo – Et pour le Courtepaille ?

J'ai pincé discrètement le bras de mon frère. Dieu est peut-être très puissant mais sa patience a des limites.

Dix minutes plus tard, j'aidais mes parents à descendre leurs sacs et c'est avec un immense soulagement que j'ai vu leur voiture disparaître au coin de la rue.

Je me suis empressée d'appeler Léa pour qu'elle rapplique. Je ne savais pas quelle tenue j'allais porter ce soir et il nous fallait au moins l'après-midi pour les essayages.

Justine – Oh non, j'ai l'air d'une cruche avec cette jupe verte.

Léa – Pas du tout. Tu as l'air d'une fille mais c'est peut-être ça qui te pose problème.

Justine – N'importe quoi ! Je me préfère en jean, voilà tout.

Léa – C'est bien ce que je dis, tu ne t'aimes pas en fille. Essaie quand même la jupe avec un petit débardeur et tes Converse.

Justine – Tu veux me transformer en Ingrid ?

Léa – Carrément impossible, il y aurait trop de travail.

Justine – Ça veut dire quoi ? J'ai pas assez de seins ?

Léa – Pas du tout, avec une plantation de coton dans chaque bonnet, tu pourrais rivaliser. Non, c'est l'air bête et le rire idiot, il te faudrait des heures de répétition pour arriver à ce résultat.

Il n'y a pas mieux qu'une amie pour vous donner confiance en vous.

Léa – Bon alors, tu l'essaies cette jupe verte avec le débardeur ? N'oublie pas qu'il y aura de la concurrence ce soir, il faut que Thibault tombe sous le charme lorsqu'il te verra.

Justine – Arrête de me parler de lui, je vais imploser. À propos d'homme sous le charme, tu sais qu'Adam vient ? C'est Jim qui l'a prévenu.

Léa – Ah oui, il a fini de bouder pour l'histoire du bouquet de fleurs ?

Justine – Il faut croire... ça te fait plaisir de le voir ?

Léa – Je ne sais plus.

Justine – Tu penses à Peter ?

Léa – Plus que jamais.

Justine – Pas de nouvelles ?

Léa – En dehors des cours de théâtre, pas un mot. Mais des regards d'une force ! Il me rend dingue.

Justine – Pourquoi tu ne donnes pas sa chance à Adam, juste pour voir s'il te fait oublier Peter ?

Léa – Tu pourrais oublier Thibault dans les bras d'un autre ?

Justine – Non !

Léa – C'est la même chose pour moi. Ce n'est pas une raison pour que tu n'enfiles pas un débardeur avec ta jupette.

Comme d'habitude Léa s'est arrangée pour taire ce qui la blessait et, comme d'habitude, je n'ai pas su trouver les mots pour qu'elle se confie à moi.

L'après-midi est passée en coup de vent. Après des milliards d'essayages j'ai fini par mettre... mon jean, un tee-shirt et mes Converse rouges. Ma meilleure amie s'est moquée de moi.

Léa – Vraiment originale, ta tenue. On voit bien la différence avec ce que tu portes en temps normal. Et puis surtout, je suis ravie d'avoir été utile. Si je n'avais pas été là, jamais tu n'aurais osé cette combinaison audacieuse : jean, tee-shirt, Converse.

Justine – T'es fâchée ?

Léa – À ton avis ?

Justine – Si je te dis que dans le congélateur, j'ai des glaces Magnum, je sens que tu m'aimes à nouveau.

Léa – Celles qui sont tout au chocolat noir, intérieur-extérieur ?

Justine – Oui mademoiselle !

Léa – Le dossier fringues est réglé !

Alors qu'on continuait à discuter vêtements, garçons et séduction en s'empiffrant dans la cuisine, j'ai commencé à avoir sérieusement mal au ventre.

Léa – Ben, arrête de manger ta glace.

Justine – Non, ça ne vient pas de la glace, c'est la peur.

Léa – La peur de quoi ?

Justine – Comment je vais faire avec Thibault ?

Léa – Comment ça ?

Justine – Qu'est-ce qui va se passer ? On va discuter ? On va danser ? On va se regarder ? Quand est-ce qu'il va m'embrasser ? Je dois la jouer comment ? La fille hyper libre ? La fille hyper amoureuse ?

Léa – Je crains que, dans ton état, tu ne sois pas capable de prendre l'initiative. Je te rappelle qu'hier soir, tu as embrassé violemment la porte-fenêtre lorsqu'il t'a dit que tu le faisais craquer. Tu n'as pas vraiment les moyens d'adopter une stratégie. Le mieux, c'est zéro plan. Tu le laisses venir et tu te places à plus de trois mètres de tout obstacle.

Justine – Tu resteras près de moi ?

Léa – Non, mais ça va pas et puis quoi encore ? Tu veux que je l'embrasse à ta place aussi ?

Justine – Non, ça je saurai faire !

À vingt-trois heures, on était devant le Bijou. Nicolas m'avait téléphoné pour me dire de ne pas l'attendre et on n'avait aucune nouvelle des garçons. En revanche, on a retrouvé Ingrid. Elle était là, accrochée au cou d'un vigile, une montagne de muscles au regard de tueur.

Ingrid – Salut les filles ! Jamal, je te présente mes petites sœurs : Léa et Justine.

La soirée commençait mal. Léa, qui avait dû sentir que j'allais rectifier l'information « mes petites sœurs », m'a attrapée par le bras et m'a fait entrer précipitamment dans la boîte.

Justine – Elle m'horripile !

Léa – Rappelle-toi ce qu'elle a fait pour nous réconcilier. Cette fille n'est pas tout à fait mauvaise !

Justine – Oui, mais elle est tellement...

J'allais parler de sa façon odieuse de se comporter avec tout individu de sexe mâle lorsque je me suis rappelé la promesse que j'avais faite à Jehova-Bouddha-Allah pour que mes parents s'en aillent. J'avais juré de ne plus jamais critiquer Ingrid. Bon, plus jamais c'était impossible et j'étais sûre que Dieu comprendrait mais au moins pour cette soirée, le temps que je sorte avec Thibault. Allez, je modifiais la phrase que j'allais prononcer :

Justine – Oui, mais elle est tellement... sexy que j'en suis parfois jalouse.

Argh !!! Je la hais, je la déteste, je l'exècre, je l'abomine. Est-ce que Jehova-Bouddha-Allah entend les voix off ? Parce que là, je n'ai pas pu m'en empêcher ! En même temps, j'ai fait un effort, je n'ai pas parlé à haute voix !

Non, je ne crois pas qu'Il puisse entendre ce qu'on se dit à soi-même. Vous imaginez avec le nombre d'individus sur terre, s'Il devait écouter nos dialogues intérieurs et extérieurs depuis la nuit des temps jusqu'à la fin des jours, Il ne pourrait pas assumer.

À moins que des anges nous mettent sur table d'écoute et lui transmettent les informations les plus importantes.

Léa – Ah bon, t'es jalouse d'Ingrid, toi ?

Justine – Non pas du tout.

Léa – T'es sûre que ça va ?

Justine – Oui.

Léa m'a regardée d'un air bizarre mais je ne voulais pas aggraver mon cas auprès de Qui-vous-savez. J'ai essayé d'arrêter de penser.

La boîte était déserte à cette heure-ci. À part quelques filles qui riaient dans le vide et trois garçons qui buvaient en contemplant le fond de leur verre, il n'y avait pas âme qui vive. Mon mal de ventre a repris à la puissance mille.

Justine – On boit quelque chose ?

Léa – Pourquoi pas ?

On s'est approchées du bar et quand j'ai demandé un whisky-Coca, ma meilleure amie a hoché la tête.

Léa – Je ne crois pas que ce soit une bonne idée. Tu sais bien que tu ne supportes pas l'alcool.

Justine – J'ai besoin de me donner du courage.

Léa – La dernière fois que tu as bu un verre d'alcool, tu as vomi toute l'après-midi.

Justine – On était en troisième et c'était de la bière.

Léa – Et tu crois que du whisky en terminale, ça passera mieux ?

Justine – Je sens que c'est ce qu'il me faut ce soir. Et puis t'inquiète, il y a plus de Coca que de whisky.

Je dois avouer que malgré ce que je venais de proférer, la première gorgée a été dure à avaler. C'est infect le whisky. On dirait de l'alcool à 90 ° avec un arrière-goût de Pliz, le produit pour la poussière. La deuxième gorgée m'a semblé moins violente. Il faut dire que j'avais la langue et la gorge anesthésiées. Du coup, j'ai avalé cul sec le restant. Léa m'a obligée à m'asseoir sur un des tabourets face au bar.

Justine – Finalement on exagère les méfaits de l'alcool, ce n'est pas si terrible ! J'ai bu mon whisky d'un trait et je ne ressens aucun effet secondaire.

Léa – Ne te vante pas trop vite. Reste tranquillement assise, je vais voir si les garçons sont dehors. Ce serait idiot qu'ils ne puissent pas entrer parce qu'ils ne sont pas accompagnés de filles.

Justine – Pas de souci, je t'attends.

J'ai regardé la piste de danse. Dire que dans moins d'une heure, je serais lovée dans les bras de Thibault, la fièvre au corps.

Ah, je devais repérer les portes, les marches et toutes les colonnes de la salle pour éviter une chute intempestive. Allez, je m'en occupais maintenant.

J'ai voulu descendre de mon tabouret et j'ai d'abord cru qu'il pivotait comme certains tabourets de bar. Mais non, il était fixé au sol et ne bougeait pas. J'ai essayé alors de mettre un pied par terre et la salle tout entière s'est transformée en manège. Léa avait raison, il valait mieux que je reste assise. De toute façon, je ne savais plus très bien pourquoi je voulais me lever. Ça ne devait pas avoir beaucoup d'importance.

Il commençait à faire très chaud et j'avais soif. J'ai levé la main pour attirer l'attention du serveur et je lui ai montré mon verre vide. Avant que j'aie le temps de lui demander une carafe d'eau, il m'a servi un Coca.

Ah non un whisky-Coca...

Finalement, ce n'était pas si mauvais ! Et puis ça désaltérait. Léa a fini par revenir, elle avait l'air inquiète. Tiens, elle était avec deux beaux garçons. Mignons... Surtout celui avec les yeux bleus.

Léa – Ça y est, je les ai retrouvés, j'ai pas été trop longue ?

Mais c'étaient Jim et Thibault, les mignons ! Je ne les avais pas reconnus.

Jim – Salut Justine ! Qu'est-ce que tu fais toute seule au bar ? Remarque, c'est mort pour l'instant. Il est onze heures et demie, les gens vont commencer à arriver.

J'ai souri à Thibault. Qu'est-ce qu'il était sexy !!! Je n'allais pas attendre que les autres arrivent pour danser avec mon homme. J'attaquais tout de suite.

Thibault – Ça va Justine ?

Justine – Très bien pourquoi ?

Thibault – Pour rien.

Léa m'a chuchoté discrètement à l'oreille :

Léa – Non, pas pour rien. C'est quoi ce sourire débile et ce regard d'allumée ?

Justine – Je sais pas de quoi tu parles !

Léa – Pourquoi tu as deux verres devant toi ?

Justine – Ah oui, il y en a que deux ? J'en vois trois, moi.

Ma meilleure amie a fait sa tête de donneuse de leçons. Qu'est-ce qu'elle est stress...

Jim – Je vous offre à boire ?

Thibault – Ah non, c'est toujours toi qui paies. Je te rappelle qu'on fête mon entrée au club des CIK+I aujourd'hui, alors c'est ma tournée. Vous voulez quoi les filles ?

Léa – Un cocktail sans alcool.

Jim – Oh Léa, c'est la fête ce soir ! Prends une piña colada ou un truc dans le genre.

Ben oui... une piña colada ce sera très bien pour moi aussi. Ça me changera du whisky-Coca. Sous la pression des garçons, Léa a accepté et on s'est retrouvés à siroter notre cocktail tous les quatre.

– Merci de nous avoir attendus.

J'ai levé la tête. Nicolas était là, accompagné de... comment elle s'appelait déjà la belle black ? On a bossé ensemble au Mac Do. Mince, j'arrivais plus du tout à me souvenir de son prénom.

Tant pis, j'allais l'embrasser et lui dire un truc passe-partout genre « Salut, comment tu vas ? Je suis contente de te revoir... Ça fait longtemps... »

Nicolas – Ça va Justine ?

Mais qu'est-ce qu'ils avaient tous à me demander ça ce soir ? Pour une fois que je me sentais super cool.

Jim – Vous ne vous voulez pas qu'on s'asseye là-bas ? Il y a des fauteuils et une table.

Ah oui, super idée !

C'est bizarre, j'avais pas remarqué mais le sol était complètement mou de ce côté. Nicolas m'a attrapée par la taille.

Nicolas – T'as pas l'air fraîche. T'as fumé quelque chose ?

Justine – Ah ça non !

Nicolas – Putain, tu sens l'alcool. Qu'est-ce que t'as bu ?

Justine – Trois fois rien.

J'ai rigolé toute seule. Trois fois rien... Trois fois un verre, oui !!!

Je ne pourrais pas vous dire dans quel ordre les autres sont arrivés parce que j'avais un peu de mal à synthétiser ce qui se passait autour de moi mais très rapidement j'ai vu assis sur les fauteuils : Adam, Yseult, Anna et Ingrid.

Le DJ chauffait à fond la boîte désormais pleine et j'ai pensé qu'il était temps pour moi de m'occuper de mon Thibault. Je me suis levée pour aller danser et, jetant un regard de feu à mon homme, je lui ai proposé de me suivre.

Il n'a pas hésité. Jim et Nicolas non plus d'ailleurs. C'est bon, ça va... J'ai pas besoin de gardes du corps !

Mon prince s'est mis face à moi et a commencé à bouger. Le voir s'agiter sur Yeah m'a donné des idées que la décence m'interdit de nommer ici. J'ai décidé de l'électriser.

Rapidement, les gens qui étaient près de nous se sont écartés pour me regarder danser. Danser n'est pas le terme exact, je devrais plutôt dire lui mettre le feu.

Ça faisait longtemps que je ne m'étais pas sentie aussi bien. J'avais l'impression d'évoluer dans un monde virtuel où les sensations étaient comme atténuées par du coton. Le DJ a passé *Loca* de Shakira, j'y ai lu un signe du destin : j'allais rendre Thibault fou.

Je l'ai embrassé sauvagement.

Contrairement à notre premier baiser raté, le jour du bouquet de fleurs, mon prince n'est pas resté de marbre.

Une main sur le bas de mon dos et l'autre sur ma nuque, il m'a plaquée contre son corps et m'a embrassée dans le cou à l'endroit exact où les filles perdent conscience et il est remonté progressivement jusqu'à mes lèvres.

David Guetta n'a rien arrangé parce que danser sur son *One Love* m'a donné des idées inavouables.

Deux Black Eyed Peas et trois Martin Solveig plus tard, la situation était torride, je ne savais plus très bien où je commençais et où je finissais. Thibault m'a proposé d'aller m'asseoir mais nos fauteuils étaient occupés par Léa et Adam qui s'embrassaient à pleine bouche.

Hein ??? Quoi ??? Léa et Adam qui s'embrassaient à pleine bouche ??? Je devais avoir mal vu...

Thibault – Tu comptes les regarder longtemps encore ?

Justine – C'est bien Léa ?

Thibault – Tu veux qu'on lui demande ses papiers d'identité ? Allez, viens plutôt t'asseoir avec moi.

Je ne sais pas combien de temps on est restés à s'embrasser sur cette banquette en skaï. Une chose est sûre, c'est que je me sentais bizarre, mon cœur battait de façon totalement anarchique et j'avais l'impression que le décor autour de moi était mouvant.

Je me souviens que Léa est venue me voir et m'a glissé à l'oreille un truc incompréhensible. Elle a insisté d'un air agacé puis elle est partie.

Je me suis retournée pour demander à Thibault pourquoi ma meilleure amie s'en allait et puis plus rien...

Lorsque j'ai rouvert les yeux, j'ai cru que ma tête était coincée entre les portes d'un ascenseur qui se refermait. J'ai essayé de la bouger mais elle pesait des tonnes. J'avais la bouche sèche et une nausée épouvantable.

Dormir... Je veux dormir. Et que quelqu'un tire les rideaux, j'ai un rayon de soleil en plein sur les yeux.

Du soleil en pleine nuit dans une boîte ?

J'ai soulevé à nouveau mes paupières.

Pourquoi il n'y avait plus de musique ?

Et ils étaient où les autres ?

Et moi, qu'est-ce que je faisais là ?

Je me suis redressée d'un coup.

Je crois que jamais de ma vie je n'oublierai ce que j'ai vu dans le miroir en face de moi.

Justine, nue, émergeant d'un lit inconnu, une rose dans les cheveux.

Je devais nager en plein cauchemar. J'allais compter jusqu'à trois et l'image de cette fille échevelée allait s'effacer.

Un... deux... trois... Pas de doute c'est moi et je suis dans un lit que je ne connais pas !

Il fallait que je recompte, j'étais allée trop vite. Un, deux... Tiens, il y avait du bruit dans la pièce à côté.

Je me suis levée en m'entortillant dans le drap et j'ai entrouvert la porte sans bruit. J'avais la tête qui tournait et le cœur dans les chaussettes mais il fallait que j'éclaircisse la situation. Pour la deuxième fois en moins de cinq minutes, j'ai eu une vision d'horreur : un couloir et un salon. Pas n'importe lesquels, ceux de l'appartement de Thibault.

J'étais donc chez Thibault, dans la chambre de Thibault, plus exactement j'étais nue et amnésique dans le lit de Thibault.

Dire que j'ai paniqué à ce moment-là paraîtrait faible. J'ai été submergée par l'angoisse. Je ne pouvais pas rester enfermée là jusqu'à la fin de ma vie et il n'était pas question que je parle à Thibault. Qu'est-ce que je lui dirais : « Salut, il s'est passé quoi cette nuit pour que je me retrouve nue dans ton lit ce matin ? C'était bien ? Tu pourras me raconter ma première fois parce que je n'en ai aucun souvenir ? »

J'envisageais un départ précipité par la fenêtre en tenue de fantôme (mon jean, mon tee-shirt et mes Converse se révélant introuvables) lorsque j'ai aperçu mon sac posé sur une chaise. Ça m'a fait comme E.T. lorsqu'il perçoit la possibilité de rentrer enfin chez lui : téléphone portable-maison Léa... Téléphone portable-maison Léa...

Je me suis cachée derrière le lit, le plus loin possible de la porte, et j'ai appelé ma meilleure amie.

Justine – Allô Léa ?

Léa – Allô ?

Justine – C'est moi...

Léa – Allô ? Allô ?

Justine – Léa, tu m'entends ? C'est moi Justine...

Léa – Allô ? Justine, c'est toi ?

Justine – Oui.

Léa – Pourquoi tu parles tout doucement ?

Justine – Je peux pas parler plus fort...

Léa – T'as plus de voix, t'es malade ?

Justine – Non, c'est pire.

Léa – Qu'est-ce qui se passe ? Où es-tu ?

Justine – C'est justement ça le problème.

Et lorsque j'ai expliqué à Léa la situation, il y a eu un énorme silence.

Léa – Décidément, cette nuit a été un concentré d'erreurs pour nous deux. Je savais bien qu'il ne fallait pas que je te laisse dans cet état, mais quand je suis partie tu as refusé de me suivre.

Justine – Bon d'accord, je fais quoi maintenant ?

Léa – Il y a une armoire dans la chambre ?

Justine – Oui.

Léa – Ouvre-la et regarde s'il y a un tee-shirt ou une chemise.

Justine – Il y a des fringues de Thibault.

Léa – Très bien, enfile n'importe quoi... Ça y est ?

Justine – Oui.

Léa – Y a pas un élastique pour t'attacher les cheveux ?

Justine – Non mais il y a un crayon sur une étagère, je peux les faire tenir avec.

Léa – Bien, tu respires un grand coup et tu sors de la chambre en faisant du bruit pour qu'il t'entende.

Justine – Mais ça va pas ? T'es dingue ou quoi ? Qu'est-ce que tu veux que je lui dise ? Je me souviens de rien.

Léa – Tu as une autre solution ?

Justine – Me sauver par la fenêtre et rentrer chez moi.

Léa – Alors là, c'est vraiment n'importe quoi. Thibault n'est pas un inconnu que tu as rencontré en boîte et que tu ne veux pas revoir. Je te rappelle que tu es folle amoureuse de ce garçon. Tu ne peux pas te conduire lâchement avec lui. Tu l'aimes, non ? Tu ne vas pas gâcher votre histoire parce que tu n'es pas capable d'assumer. Allez, sors et cherche à savoir ce qui s'est passé entre vous cette nuit. Tu ne crois pas que j'ai raison ?

Bien sûr qu'elle avait raison. Je ne pouvais pas partir comme une voleuse. Je devais rejoindre Thibault et lui parler. Quoi qu'il se soit passé entre nous, il fallait que je sache. J'avais tant rêvé de cette première fois avec lui et voilà que je m'étais absentée de ma propre existence au moment fatidique. Comment allait-il m'accueillir ? Qu'allait-il me révéler ? Que deviendrait notre couple après cette mystérieuse nuit ?

J'ai respiré très fort et j'ai ouvert la porte du destin.

Rose rouge pour nuit noire

Mais que faisait Léa ? Je l'avais appelée au secours vingt minutes plus tôt et elle n'était toujours pas là. N'avait-elle pas conscience de l'horreur de la situation ? Devais-je lui rappeler qu'après avoir bu plus que de raison, hier en boîte, j'avais passé ma soirée à embrasser Thibault mais qu'après, j'étais incapable de me souvenir de quoi que ce soit ? Le trou noir... Et que ce matin, je m'étais retrouvée nue et seule dans son lit.

Léa – Je suis venue le plus vite que j'ai pu. Alors ?

Justine – C'est horrible.

Léa – Vraiment ? Tu vas tout m'expliquer mais avant, fais-moi un thé. Je n'ai rien avalé depuis hier soir.

On s'est installées dans la cuisine et j'ai commencé à raconter dans les moindres détails à ma meilleure amie mon réveil dans le lit de Thibault, nue avec une rose dans les cheveux.

Justine – Si tu savais l'angoisse que j'ai éprouvée lorsque j'ai réalisé que j'avais passé la nuit avec lui et que je ne me souvenais absolument pas de ce qui était arrivé ! J'ai essayé de rassembler mes souvenirs mais rien... Le trou noir ! Tu m'aurais vue entortillée dans mon drap, je n'osais plus bouger.

Léa – Mais après m'avoir téléphoné, tu as fini par sortir de la chambre ?

Justine – Oui. J'ai fait comme tu m'as dit : j'ai enfilé une chemise blanche en lin de Thibault, je me suis recoiffée comme j'ai pu et j'ai franchi la porte.

Léa – Et alors ?

Justine – Et alors rien...

Léa – Comment ça rien ?

Justine – Il n'y avait personne dans l'appartement. J'avais cru entendre les pas de Thibault mais non, ça devait être le lave-vaisselle ou la machine à laver.

Léa – Et où était-il ?

Justine – Je ne sais pas. Il m'avait préparé un plateau avec de l'aspirine, de l'eau fraîche et un petit mot.

Léa – Un mot doux ?

Justine – « Un peu d'aspirine pour ta tête et des baisers sur ton joli corps. » Qu'est-ce que ça veut dire ?

Léa – Qu'il veut soigner ton mal de tête et qu'il t'embrasse !

Justine – Merci, j'avais compris. Mais qu'est-ce que ça laisse entendre pour cette nuit ?

Léa – Je ne sais pas. Quoique « des baisers sur ton joli corps », c'est érotique. Pour qu'il se permette cette allusion, il faut que vous ayez eu une certaine intimité...

Justine – T'as raison.

Léa – Et au fait, tes vêtements, tu les as récupérés ?

Justine – Non !

Léa – C'est bizarre, ça. Qu'est-ce qu'il a bien pu en faire ? Si ça se trouve, il t'a attirée dans son antre, il a brûlé tes Converse et il comptait revenir pour te découper en petits morceaux. La rose que l'on met dans les cheveux de l'amante pendant son sommeil, c'est typique du pervers polymorphe fétichiste.

Justine – C'est vrai ?

Léa – Oui.

Devant mon air catastrophé, Léa a éclaté de rire.

Léa – Tu crois toujours ce que je dis ?

Justine – Oui, depuis des années. Mais je commence à me méfier. Entre tes mystères sur ta vie privée et tes délires psycho-philosophiques sur mon mec, il y a de quoi s'inquiéter.

Léa – Tu me fais encore la tête parce que je ne t'avais pas raconté pour Peter ?

Justine – Mais non... De toute façon, je serais bien mal placée pour te faire des reproches sur tes cachotteries ! Je suis moi-même tellement secrète que je ne me suis pas encore avoué que j'avais couché avec Thibault.

Léa – Tu veux qu'on interroge les cartes ?

Justine – Tu as pensé à les apporter ?

Léa – Oui.

Quinze minutes plus tard, Léa me faisait tirer les cartes pour la cinquième fois.

Léa – Je ne comprends pas. Ton jeu ne sort pas.

Justine – Essaie une nouvelle fois.

Léa – Concentre-toi quand tu coupes. T'as l'air complètement à l'ouest.

Justine – Si tu crois que c'est facile... J'ai une migraine monstrueuse et l'impression d'avoir un kilo de beurre de cacahuètes dans la bouche tellement j'ai la langue pâteuse.

Léa – Je t'avais prévenue. Qu'est-ce qui t'a pris de boire ?

Justine – J'avais besoin d'un petit truc pour me détendre.

Léa – Eh bien la prochaine fois, fais du yoga... Allez, on se concentre pour essayer d'y comprendre quelque chose.

Connais-tu les cartes du tarot de Marseille ?

Il y en a 22.
Elles sont numérotées en haut et le nom apparaît en bas avec de légères variations dans l'orthographe et la graphie :

I	Le Bateleur
II	La Papesse
III	L'Impératrice
IIII	L'Empereur
V	Le Pape
VI	L'Amoureux
VII	Le Chariot
VIII	La Justice
VIIII	L'Ermite
X	La Roue de fortune
XI	La Force
XII	Le Pendu
XIII	La Mort (cartouche du nom parfois absent)
XIIII	La Tempérance
XV	Le Diable
XVI	La Maison Dieu
XVII	L'Étoile
XVIII	La Lune
XVIIII	Le Soleil
XX	Le Jugement
XXI	Le Monde
	et Le Fou (fol, mat) non numéroté.

Ma meilleure amie n'avait pas fini sa phrase que le téléphone a sonné. Je me suis ruée dans le salon pour décrocher. Thibault était rentré chez lui et, ne m'ayant pas trouvée dans son lit, il appelait ici. Léa pouvait ranger ses tarots, j'allais enfin tout savoir sur notre nuit. J'ai pris mon ton d'hôtesse d'accueil.

Justine – Allô ?

Il ne m'a pas répondu. Mon prince devait être trop troublé pour me parler. Le son de ma voix lui rappelait nos étreintes sauvages pendant lesquelles j'avais dû lui murmurer des choses inavouables. J'ai tenté de l'aider à reprendre courage.

Justine – Thibault ? Tu m'entends ?

– Non chérie, ce n'est pas Thibault, c'est papa...

J'ai jeté au loin le téléphone sans fil. La voix de mon père venant faire de la post-synchro sur le film que je me projetais depuis ce matin m'a salement troublée.

Le père – Justine ? Tu es là Justine ?

J'ai ramassé le combiné.

Justine – Oui p'pa, je suis là.

Le père – Tout va bien ?

Justine – Oui oui, ça va...

Le père – Est-ce que tu peux vérifier une chose pour moi ? Je ne trouve plus mon appareil photo, je l'ai peut-être oublié sur mon lit.

Justine – OK, je vais voir.

Le père – Et si tu pouvais parler plus gentiment à ton petit papa bien-aimé, ce serait formidable.

C'est bon. Il occupe la ligne alors que j'attends l'appel du siècle, il me demande de m'occuper du service objets trouvés et il voudrait en plus que je lui joue Laura Ingalls dans *La petite maison dans la prairie*. Non, mais je rêve !

Son appareil était effectivement resté sur son lit et lorsque j'ai repris le téléphone pour le lui annoncer, c'est ma mère qui était à l'autre bout du fil. Elle m'a à peine dit bonjour et est passée directement à un interrogatoire en règle.

La mère – Et vous êtes rentrées à quelle heure hier soir ?

Alors là, j'étais obligée d'inventer. Ce n'est pas que je tenais à lui mentir mais je ne disposais d'aucune information. Il était pratique son « vous », je n'étais pas obligée d'avouer que je n'étais pas rentrée avec Léa comme prévu. D'ailleurs pour l'empêcher d'enquêter davantage, j'allais lui proposer un horaire dépassant la mesure. Comme ça, elle trouverait motif à se plaindre.

Justine – Trois heures et demie.

La mère – Quoi ?

Ma mère m'a défoncé le tympan droit en hurlant dans le combiné. Pitié, déjà que j'avais mal à la tête.

La mère – On ne peut vraiment pas te faire confiance !

Opération réussie, aucune question sur le reste.

J'ai quand même eu envie de lui balancer que j'étais allée en boîte et pas à la séance de dix-huit heures pour voir *La petite sirène* mais je l'ai laissée déverser sa colère.

La mère – Bien, je ne souhaite pas continuer cette discussion au téléphone. Nous en reparlerons lorsque je rentrerai.

Ma mère adore cette phrase. J'y ai droit depuis que je suis petite, quand elle est au boulot, qu'elle voudrait me punir pour un délit (mauvaise note, retard en cours, oubli de Théo...) mais qu'elle n'en a pas les moyens parce qu'elle n'est pas présente. Avant, cette annonce me terrorisait... J'attendais son retour avec anxiété. La perspective de la punition était pire que la punition elle-même. Mais depuis quelque temps, ça me fait rire. Je l'imagine derrière son bureau, jouant son rôle de mère hyper-responsable sous le regard de ses collègues. Totalement ridicule...

Justine – Très bien, à demain.

La mère – Justine, je te conseille de ne pas le prendre sur ce ton.

Justine – Mais je ne le prends sur aucun ton. Tu n'es pas là, donc nous en reparlerons plus tard. À demain maman.

Et je me suis dépêchée de raccrocher. Oh ce petit moment d'insolence, j'allais le payer au prix fort mais ça valait le coup. Je venais de me venger pour toutes ces heures où, petite, j'attendais son verdict.

Il n'a pas fallu cinq minutes pour que le téléphone sonne à nouveau. Si elle croit que je vais décrocher pour essuyer ses orages, elle rêve. Elle n'a qu'à discuter avec le répondeur. D'ailleurs, je ne vais même pas écouter sinon ça va polluer ma journée.

De loin, j'ai entendu une voix d'homme laisser un message. Quelle trouillarde ! Elle envoyait mon père afin de m'effrayer... Je n'ai pas résisté. Je suis revenue sur mes pas pour savoir à quelle sauce j'allais être mangée. J'ai juste eu le temps d'entendre :

– Bon ben, tu ne réponds ni sur ton portable ni sur ton fixe, je ne sais pas où tu es, j'espère qu'on se verra aujourd'hui. Je t'embrasse Justine.

NOOOON !!! C'était pas mon père, c'était Thibault !!! J'ai couru jusqu'au téléphone mais trop tard. Mon prince avait déjà raccroché. Je n'ai pas eu le courage de le rappeler et encore moins de descendre pour lui parler.

Je suis revenue désespérée dans la cuisine.

Léa – C'était qui ?

Justine – Thibault.

Léa – Alors, qu'est-ce qu'il t'a dit ?

Justine – J'ai pas répondu.

Léa – Mais pourquoi ?

Justine – Je croyais que c'était mon père qui appelait pour venger ma mère.

Léa – La venger de quoi ? Et avec qui tu discutais depuis tout à l'heure ?

Justine – Ma mère.

Léa – Je ne comprends rien.

Justine – Il n'y a rien à comprendre mais si tu veux un résumé de la situation, je suis définitivement fâchée avec ma mère et je viens de rater l'occasion unique de savoir si j'ai couché avec Thibault.

Léa – Définitivement, occasion unique. Que du lourd ! Allez viens par là, je vais essayer avec mes nouveaux tarots.

Ma meilleure amie m'a obligée à me concentrer sur Thibault avant de couper le jeu et de choisir cinq cartes. Elle en a retourné deux.

Léa – Renard et lune : il faut surveiller ton imagination. Attention aux illusions. Confusion possible entre rêve et réalité.

Justine – Alors on n'a pas couché ?

Léa – Ne va pas si vite ! Retourne les trois cartes suivantes. Bien... La foudre, le diable et l'étoile.

Justine – Alors ???

Léa – Tu vas triompher d'une situation ambiguë, les soucis te seront épargnés mais tu dois rester vigilante.

Justine – Ça veut dire qu'on l'a fait ?

Léa – Je ne sais pas. Je ne peux pas répondre à ta place. Les cartes te parlent à toi, moi je ne suis qu'une intermédiaire. « Triompher d'une situation ambiguë », ça signifie peut-être que tu désires avoir couché avec lui sans en avoir eu conscience. À moins que tu préfères qu'il ne se soit rien passé cette nuit ?

Justine – Je ne sais plus. J'aime l'idée d'avoir vécu ma première nuit d'amour avec Thibault. Si ça se trouve, je n'en aurai plus jamais l'occasion. En même temps, j'aurais bien aimé être vraiment là quand ça s'est passé.

Léa – Je comprends. Enfin... pas grand-chose !

– Justiiiiiine !!!!!

Mon prénom hurlé par la fenêtre, accompagné du petit tintement d'une clochette, m'a ramenée à la réalité. Léa a souri.

Léa – Tiens, Nicolas est réveillé et il n'y a rien dans son frigo.

Effectivement, comme chaque fois en période de disette, mon cousin avait descendu son panier par la fenêtre pour que j'y glisse de quoi manger.

Justine – Je crois qu'aujourd'hui je vais le laisser crever de faim.

Léa – Tu as tort. Un cousin c'est une valeur sûre ! Parfois, tu ne te rends pas compte de la chance que tu as d'avoir un père, un frère et un cousin.

Justine – Excuse-moi, seulement la plupart du temps, c'est surtout une source de problèmes.

Léa – Oui, peut-être, mais c'est aussi une source d'amour...

J'ai baissé les yeux. Je m'en suis voulu d'être aussi indélicate. Je savais à quel point Léa souffrait de l'absence de son père et de ne pouvoir partager ce manque avec un frère ou une sœur et moi, ça ne m'empêchait pas de me plaindre de mon sort de petite fille gâtée.

On ne se réjouit jamais de ce qu'on a reçu, trop occupé à se lamenter sur ce que la vie ne nous a pas accordé. Parfois j'aimerais avoir la sagesse d'un chat installé sur un radiateur brûlant. À part se lécher un bout de patte ou s'étirer de tout son long, il n'exige rien. C'est le bonheur ! Je voudrais ça...

Enfin, avec Thibault qui me ferait une portée de chatons blancs et noirs ! Il m'offrirait des souris pour mon goûter et on irait sur les toits voir la pleine lune. Il se battrait avec le gros matou roux qui me ferait les yeux doux et...

Ça y est, je ne suis plus un chat serein ; je suis une fille pleine de désirs... Incorrigible !

– Alors les pestes, ça ne vous gêne pas de me savoir à l'agonie ?

Nicolas avait fait une entrée fracassante dans la cuisine en caleçon « London Subway ». Il nous regardait d'un œil amusé, fier de nous avoir fait hurler de peur.

Justine – Tu pourrais frapper avant d'entrer !

Nicolas – Depuis quand je frappe ici, moi ? Je suis un étranger peut-être ?

Justine – Non mais je pourrais sortir de ma douche ou me promener en petite tenue. Je suis chez moi quand même.

Nicolas – C'est bon, je t'ai déjà vue à poil, on n'en est pas morts.

Justine – La dernière fois que c'est arrivé, je devais être en deuxième année de maternelle ! Depuis, je ne sais pas si tu as remarqué mais je m'habille.

Nicolas – Bon, je vais profiter du fait que tu sois en jean pour te demander du pain et du lait. Et puisque t'es une gentille fille habillée, si tu pouvais me faire un café, ça m'arrangerait.

Et voilà, comme d'hab...

Léa s'est levée et m'a dit d'une voix de sorcière prête à jeter un mauvais sort :

Léa – Laisse, Justine, je vais lui préparer son café, moi, au gentil garçon qui croit qu'il faut des chromosomes XX pour faire fonctionner la cafetière.

Nicolas – Ah non, pas la féministe, elle va me le sucrer au cyanure !

Décidément ces deux-là jouent toujours les mêmes querelles.

Léa – T'inquiète... Je veux juste que tu aies rapidement du pain beurré plein la bouche pour qu'on ne t'entende plus.

Nicolas n'a rien ajouté mais j'ai vu qu'inquiet, il vérifiait les moindres gestes de Léa.

Ça m'a rappelé une nouvelle de Buzzati que ma meilleure amie m'a lue pour me montrer ce qu'était pour elle l'amour absolu. C'est l'histoire d'un vieil homme riche qui épouse une jeune fille très belle. Il en fait sa légataire universelle. Un soir, alors qu'il rentre sans faire de bruit pour pouvoir l'admirer en secret, il la trouve dans la cuisine préparant ses gâteaux préférés. Il est éperdu de reconnaissance et remercie le ciel de lui avoir donné une épouse aussi parfaite. Mais rapidement, il s'aperçoit qu'elle a dans la main une fiole qui lui permet de verser une petite quantité de poudre blanche sous chaque cerise.

L'entendant, sa femme se retourne et durant une fraction de seconde, il lit la peur sur son visage. Puis, se reprenant, elle lui sourit en faisant disparaître subrepticement la fiole contenant le poison dans sa poche.

Et là, c'est LE choc. Il comprend l'origine de ses terribles douleurs à l'estomac qu'aucun médecin n'a pu expliquer.

Affrontant sa peur de l'horrible vérité, il questionne sa femme. Elle nie et faussement outragée par cette accusation d'empoisonnement, lui annonce qu'elle le quitte.

Fou d'angoisse à l'idée de la perdre, le vieil homme s'excuse de son manque de confiance et accepte de manger à genoux tout le plateau de pâtisseries. Il sait qu'il va en mourir mais préfère cela à une vie sans elle.

Je me rappelle la dernière phrase de cette nouvelle parce que Léa l'avait prononcée avec des larmes dans les yeux : « La mort était un paradis puisqu'elle venait d'elle ». « Tu vois, avait ajouté ma meilleure amie, j'aimerais qu'un jour, un homme m'aime à en mourir. » À l'époque, ça m'avait laissée perplexe mais aujourd'hui, je comprenais ce qu'elle voulait dire. Moi aussi j'adorerais que Thibault avale par amour mes gâteaux empoisonnés. Remarquez, en ce qui concerne ma pâtisserie, je n'aurais pas besoin d'ajouter de cyanure, elle est naturellement toxique !

Nicolas – T'es sûre que t'as rien mis dans le café, je peux le boire sans crainte de me transformer en chauve-souris ?

J'ai répondu à la place de Léa :

Justine – La mort était un paradis puisqu'elle venait d'elle.

Nicolas – Oh putain, ça recommence... Vous me faites flipper avec vos tarots et vos malédictions. Bon ben tant pis, je bois quand même ton café, Léa, j'accepte le risque !

J'ai regardé ma meilleure amie avec surprise. Et si Nicolas était l'homme qui saurait l'aimer jusqu'au bout quoi qu'elle fasse ? Elle a souri en baissant les yeux comme quelqu'un pris en flag.

J'avais raté un épisode entre mon cousin et Léa, ou quoi ???

Nicolas – Vous êtes parties à quelle heure hier soir ? Vous n'êtes pas venues me dire au revoir.

Ouf ! Si Nicolas pose cette question c'est qu'il n'a pas vu que j'étais rentrée avec Thibault. Je n'ose pas imaginer sa réaction s'il apprenait que j'ai passé la nuit avec lui.

Et Léa, qu'a-t-elle fabriqué pendant sa nuit, elle ? Elle ne m'en a pas parlé. Si je fais appel à mes derniers souvenirs fiables, elle embrassait Adam à pleine bouche quand je l'ai quittée !!! Soudain, une phrase de la conversation que j'avais eue avec ma meilleure amie ce matin m'est revenue : « On a fait n'importe quoi hier toutes les deux... »

Je me suis retournée vers elle en fronçant les sourcils. Elle a dû croire que je l'appelais à l'aide face à mon cousin. Elle s'est empressée de répondre.

Léa – Je ne sais plus exactement l'heure qu'il était. Ce qui est certain, c'est que tu étais beaucoup trop occupé à butiner la jolie Agathe pour te soucier de nous.

Nicolas – Ouais, super meuf Agathe ! Rebelle mais chaude comme une baraque à frites...

Très jolie comparaison, un pur moment de poésie !

Nicolas s'est arrêté de parler, perdu dans ses souvenirs. Son regard s'est égaré dans le carré de ciel gris derrière la fenêtre de la cuisine. Puis, reprenant ses esprits, il a déclaré sans avoir conscience de l'effet de ces paroles sur moi :

Nicolas – Ah tiens, voilà Thibault sur son scooter.

Justine – Où ça ???

Comme je fixais les nuages, il a ajouté :

Nicolas – En bas dans la rue. Il est en scooter, pas en avion !!!

Et se penchant par-dessus la balustrade, il a crié à l'intention de mon prince :

Nicolas – Thibault, tu montes ? Je suis avec Justine et Léa.

Oh non !!! Pas ici et maintenant en présence de mon cousin. Je n'arriverai jamais à paraître normale. Mon Dieu, faites qu'il n'accepte pas...

Nicolas – Quoi ? Parle plus fort, j'entends pas... Attends, je leur demande. Thibault nous propose de manger chez lui. Il a croisé Jim sur le chemin, il arrive. Ça vous tente ?

C'était de pire en pire... Il allait falloir que j'assume devant Jim aussi. Mon cousin a fini sa discussion avec Thibault et lorsqu'il a fermé les fenêtres, il nous a annoncé qu'il avait également appelé les autres pour qu'ils se joignent à nous.

Génial ! Je ne pouvais pas rêver une situation plus épouvantable... J'allais tenter de demander discrètement à Thibault en présence de Nicolas, Jim, Adam, Yseult, Anna, Ingrid – autant dire en toute intimité – si j'avais couché avec lui cette nuit.

Comme je n'avais aucune raison officielle de refuser ce petit repas entre amis, je me suis retrouvée quinze minutes plus tard dans l'appartement que j'avais quitté le matin même, nue sous une chemise blanche.

Mon prince nous a accueillies avec son calme habituel.

Thibault – Bonjour les filles ! Alors, bien dormi ?

Il se moquait de moi, là ou quoi ? Est-ce que je devais lui rappeler que je m'étais réveillée dans son lit vêtue d'une seule rose rouge carmin ?

Au moment où il se penchait pour m'embrasser, il m'a chuchoté à l'oreille :

Thibault – Désolé pour ce matin, j'aurais voulu être là lorsque tu as ouvert tes jolis yeux mais j'avais un rendez-vous important.

Et reprenant son ton normal :

Thibault – Bonjour Léa, tu vas bien ?

Léa – Oui...

Thibault – Je n'ai pas réussi à joindre Adam, tu peux l'appeler pour l'inviter ?

Léa – Je n'y tiens pas.

Ah bon, il y a vraiment un problème alors ? Parce que je ne sais toujours pas ce qu'a fait ma meilleure amie après sa soirée au Bijou, ventousée à la bouche du bel Adam.

Nicolas – Tu l'as déjà largué ?

Léa – Je préférerais ne pas en parler.

Nicolas – Dommage, il était plutôt sympa. Et puis amoureux... ça te changeait du gros lourd qui te mène en bateau depuis des lustres.

Pour une fois, j'étais d'accord avec mon cousin mais d'un point de vue purement formel, il exagérait.

Justine – Laisse Léa tranquille, elle fait ce qu'elle veut de sa vie, ça ne te regarde pas.

Nicolas – Bien sûr que ça me regarde... Je n'ai pas envie que qui que ce soit lui fasse du mal. D'ailleurs, le premier qui s'en avise, je lui éclate la gueule.

Léa – Bien, on se calme. Personne ne me fait du mal. Oubliez Adam et surveillez votre langage lorsque vous faites des commentaires sur Peter !

Il y a eu un silence très pesant, heureusement l'arrivée de Jim a fait diversion.

Jim – Salut les filles !

Nicolas – Et nous, on est des travelos ?

Jim – Mais non Nico ! Bonjour les mecs...

Comme à son habitude, Jim avait les bras chargés de sacs.

Jim – Allez, à table, il est déjà deux heures. J'ai apporté de quoi manger.

Nicolas – Moi, j'ai pas faim, je viens de prendre mon petit-déj, pas toi ?

Jim – Non, je me suis levé tôt ce matin.

Thibault – Je croyais que tu ne bossais pas.

Jim – C'était pas pour le boulot.

Nicolas – Une meuf alors? Scoop!

Jim – Non! Bon, moi je mange.

On a compris que Jim ne tenait pas à en dire davantage sur son rendez-vous secret et on s'est installés sur la grande table du salon. Yseult et Anna n'ont pas tardé à nous rejoindre, suivies de peu par Ingrid super star.

Nicolas – Tu comptes garder tes lunettes noires à l'intérieur?

Ingrid – J'ai un mal de tête terrible. J'ai beaucoup trop bu et puis... presque pas dormi.

La peste a chuchoté ces derniers mots d'un air langoureux, histoire de laisser flotter un parfum sulfureux sur sa nuit. Je me suis demandé un moment si je ne tenais pas là l'occasion du siècle de révéler publiquement que la sexualité de Mademoiselle www.dispo.com rappelait plus celle de Mimi Cracra que celle de Kate Moss avant son mariage. Mais après tout, si ça l'amusait de jouer un personnage, ça ne regardait qu'elle. Moi, une seule chose m'intéressait, me retrouver seule quelques minutes avec Thibault pour savoir enfin ce qui s'était passé entre nous.

Dix fois, j'ai fait semblant d'aller chercher un truc à la cuisine ou dans sa chambre au moment où il y était, dix fois quelqu'un a eu la mauvaise idée de s'y trouver aussi. Je n'ai pas réussi à échanger un seul mot avec lui en tête-à-tête. Toutefois, mon prince ne manquait jamais de me toucher la main discrètement ou de me frôler en passant. Rien de visible mais du super sexy...

J'étais au supplice!

Comme Nicolas et Jim avaient sorti des cigarettes, Léa a ouvert la porte-fenêtre du salon. Elle est intraitable pour le tabac. La mort de son père, qui était un gros fumeur, l'a rendue très sensible.

Nicolas – Mais t'es folle, il flotte... Ferme !

Léa – OK je ferme mais vous sortez fumer dans le jardin.

Nicolas – Sois sympa Crueléa, juste une clope...

Léa – On a déjà eu cette discussion. Vous fumez, c'est votre choix, mais ne nous obligez pas à fumer avec vous. Tu as déjà entendu parler du tabagisme passif, non ?

Nicolas – Ah t'es lourde.

Yseult – Peut-être mais elle a raison. Et ma voix, tu y penses ?

Nicolas – OK, OK. On s'exile dans le jardin !

Non, les mères ne racontent pas n'importe quoi (bis) ! Justine, lis ce que ma collègue a trouvé sur Wikipédia...

Tabagisme passif

Le **tabagisme passif** résulte de l'inhalation involontaire de la fumée dégagée par la combustion de cigarettes ou cigares (courant secondaire, dans le cendrier par exemple), ou rejetée par un ou plusieurs fumeurs (courant tertiaire). La fumée de tabac ambiante (FTA) respirée par une personne exposée au tabagisme passif est un mélange de fumée du courant secondaire (environ 80 %) et de fumée du courant tertiaire.
La fumée du tabac contient 4 000 substances chimiques différentes, dont 60 substances cancérigènes. Elle est dangereuse pour le fumeur et pour son entourage.

Comme il tombait une petite pluie fine, les garçons n'ont pas tardé à revenir. Nicolas n'a pas pu s'empêcher de râler.

Nicolas – Je suis bon pour la crève !

Et il s'est affalé de tout son long sur le canapé. Il n'avait pas encore posé sa tête sur l'accoudoir qu'il s'est relevé d'un bond en hurlant.

Nicolas – Putain, c'est quoi ça ?

Jim – Qu'est-ce que t'as ?

Nicolas – Il y a un truc sous les coussins qui a bougé quand je me suis allongé. Ah et puis ça pue maintenant !

On est tous venus constater. Effectivement, il flottait une odeur nauséabonde.

Nicolas – Ne me matez pas comme ça, c'est pas moi... Je vous jure qu'il y a un truc qui a bougé.

Thibault a enlevé les coussins.

Thibault – Il y a des traces de pattes.

Nicolas – Ah, vous voyez que je ne suis pas fou !

Jim s'est agenouillé et a regardé sous le canapé. Il s'est redressé rapidement.

Jim – Il y a deux yeux ronds, noirs et brillants qui me fixent.

Léa – C'est certainement un chat. Il a dû rentrer pour se protéger de la pluie quand j'ai ouvert la porte-fenêtre.

Thibault s'est accroupi à son tour pour observer l'animal.

Thibault – Non, c'est pas un chat... Il a des grandes moustaches, une tête plutôt triangulaire et des petites pattes courtes.

Bon, on allait jouer longtemps au qui suis-je ? Parce que j'aimerais bien résoudre : jeune fille plate toujours en jean, qui ignore encore si elle a couché avec son amoureux cette nuit. Quelqu'un pourrait répondre ? Non ? Je ne sais pas pourquoi ils s'intéressent tous à : petit animal qui pue avec tête triangulaire, grandes moustaches et petites pattes courtes...

Mais c'est la description du furet, ça ! C'est le rêve de Théo... Il a plein de photos de ce mammifère dans sa chambre et il m'en parle en permanence.

Je me suis agenouillée près de mon prince et j'ai observé la bête.

Justine – C'est un furet, plus exactement un *Mustela putorius furo*... *Mustela* rappelle que le furet appartient à la famille des Mustélidés, *putorius* veut dire « puant » car il lâche dans certaines circonstances un liquide huileux nauséabond et *furo* signifie « voleur » car il aime cacher ses proies au fond de son terrier.

Thibault m'a regardée, admiratif.

Merci Théo !!! Je te promets de ne plus jamais hurler quand tu me réciteras ton encyclopédie junior et je jure de t'offrir une cargaison de Mister Freeze et de Kinder.

Thibault – Comment sais-tu tout cela, toi ?

Justine – Mystère ! Tu n'es pas au bout de tes surprises avec moi...

Thibault – Oui, j'ai vu ça cette nuit.

Cette fois-ci, c'est moi qui me suis relevée comme un diable qui sort de sa boîte. Qu'est-ce que j'avais fait de surprenant cette nuit ?

Jim – Bon, on essaie de le faire sortir de là, l'animal ?

Nicolas – Justine, toi qui es spécialiste des furets, ça mord ?

Justine – « La dentition du furet comporte douze incisives, quatre canines pointues, douze prémolaires et six molaires soit trente-quatre dents définitives. Son pelage est fait d'un poil de garde long et dur... »

Nicolas – C'est bon, tu peux te mettre sur pause, je t'ai juste demandé s'il mordait.

Sans tenir compte de la remarque de mon cousin, j'ai continué à réciter la fiche « morphologie du furet ». Ma langue était en pilotage automatique tandis que je ne pensais qu'à une chose : que s'était-il donc passé la nuit dernière ?

Justine – « Son sous-poil est fin, dense, brillant et soyeux. Le furet a le corps allongé et cylindrique, les membres trapus, la colonne vertébrale souple et des mains si douces quand elles se posent sur mes cuisses... »

Pourquoi ils me dévisageaient ? Mais qu'est-ce que j'avais raconté là ?

J'ai souri comme j'ai pu. Heureusement, mon ami le furet a justement choisi ce moment pour filer se cacher sous la table.

Ingrid – Waouh, il est beau ! Vous avez vu la fourrure de sa queue ?

Tiens, c'est la première fois qu'Ingrid s'intéresse à un animal. Dans la mesure où les mâles de ce règne ne sifflent pas quand elle passe, elle ne leur accorde aucune attention.

Ingrid – Ça ferait un joli col sur mon blouson en jean.

Ah oui, je me disais aussi ! J'aurais dû me méfier...

D'autant que je me le rappelle, elle m'a déjà fait le coup au zoo. Elle était béate d'admiration devant un vieux python et quand, émue par son amour des bêtes, je m'étais approchée d'elle, elle avait prononcé ces phrases inoubliables : « Je m'en ferais bien des escarpins. Mais il n'y en aurait pas un rose ? Parce que dans cette couleur, j'aime moyen. »

Léa – Bon, on prend une décision ? On ouvre la porte-fenêtre pour que le furet sorte ?

Thibault – Oui, ça me semble préférable.

Ingrid – Mais il habite où ?

Nicolas – Je sais pas, on n'a pas encore échangé nos numéros de portable !

Ingrid – Ah c'est malin, tiens... Ma question n'est pas débile. Il vient d'où ce furet ? J'imagine qu'on n'en trouve pas à l'état sauvage dans les villes.

Yseult – Ingrid a raison, il a dû s'échapper d'un élevage.

Justine – Ou de chez un particulier. Le furet est un animal domestique très à la mode. Il est intelligent, joueur et capable d'attachement comme un chat.

Léa – Alors je l'ouvre cette porte-fenêtre ?

Thibault – Oui, on va se mettre du côté du canapé pour ne pas l'effrayer. Il pourra filer dans le jardin.

Aussitôt dit, aussitôt fait...

Si une caméra avait pu nous filmer à ce moment-là, on aurait fini internés dans un hôpital psychiatrique.

Entre Léa qui tapait sur le sol pour faire déguerpir la petite bestiole, Yseult, Anna et Jim qui chantaient en chœur « Ce n'est qu'un au revoir... », Nicolas qui mimait avec Ingrid une scène de séparation déchirante et moi qui tentais, dans ce bazar absolu, de demander à Thibault ce qui s'était passé entre nous, il y avait de quoi rire...

Si je n'ai pas eu ma réponse, le furet, lui, a fini par partir. Lorsqu'il a gagné le massif de roses, on a tous applaudi. J'ai dû rêver mais j'ai eu l'impression qu'à un moment, il se retournait pour nous dire adieu.

Thibault – Je propose de porter un toast à la libération de Lulu Cracra, notre furet bien-aimé.

Ah non, pas d'alcool... Je ne toucherais plus à un verre de ma vie. J'avais d'autres ambitions que de me retrouver dans le lit de mon voisin, habillée par Interflora et sponsorisée par Aspro.

Je n'ai pas été la seule à refuser la proposition de Thibault. La soirée d'hier avait été largement arrosée et chacun luttait encore avec sa migraine.

Thibault – Bon ben alors, café et thé pour tout le monde !

Justine – Je viens avec toi à la cuisine, je vais t'aider.

Yes ! L'occasion rêvée pour demander enfin ce que vous savez à qui vous savez ! J'ai suivi mon prince le cœur battant. Comment allais-je formuler ma question ?

« Thibault, avons-nous couché ensemble cette nuit ? »

Trop direct...

« Thibault, est-ce que toi et moi, on a... comment dire, on aurait éventuellement... Ce n'est bien sûr qu'une hypothèse et je ne voudrais pas que tu en prennes ombrage. »

Trop hésitant...

« Thibault, t'es pas un lascar, j'aurais pas dû tant boire mais j'ai bien le droit de savoir. »

Trop slam...

« Thibault, selon un repère XY, étant donné deux droites parallèles se frôlant très souvent, peut-on affirmer qu'elles se sont croisées aux alentours de quatre heures ce matin ? »

Trop mathématique...

« Thibault, dans le cadre d'une recherche sur la sexualité des jeunes adultes, pourrais-tu me dire quelle a été ton activité avec quelqu'un appartenant à ta classe d'âge et habitant à moins de cent mètres de chez toi au cours de ces dernières vingt-quatre heures ? »

Trop sociologique...

« Thibault... »

J'ai été interrompue dans ma réflexion par les hurlements d'Ingrid. On a couru la rejoindre.

Lulu Cracra, puisque c'est ainsi que l'avait surnommé Thibault, se tenait les pattes avant contre la porte-fenêtre et nous regardait de ses petits yeux ronds.

Ingrid – Je suis sûre que c'est un mâle, il me mate comme un fou.

Léa – Je crois qu'il veut rentrer.

Thibault – Ben ouvre-lui... Je ne vais pas lui refuser l'hospitalité. C'est peut-être un de mes ancêtres qui vient me rendre visite.

Nicolas – Tu déconnes, là ?

Thibault – Non. En Asie, j'ai appris à croire à la réincarnation.

Oh Thibault, mon Siddharta, mon Samsara, mon Bouddha love... Dans une autre vie, je serai ta belette, ton hermine, ta martre, ta visonne...

Lulu Cracra a fait comme chez lui. Il est parti se réfugier sous les coussins du canapé.

Nicolas – Eh, il y a ton grand-père qui est allé se coucher ! On fait quoi, on éteint la lumière et on se casse discrètement ?

Ce que mon cousin peut être débile parfois !

Thibault – Non, ne te dérange pas pour lui. Je vais lui préparer quelque chose à manger.

Justine – Je viens avec toi.

Cette fois-ci, c'était la bonne.

Ingrid – Je vous accompagne...

Elle le fait exprès ou quoi ? Mais elle ne peut pas rester sur le canapé à se limer les ongles ou se mettre du vernis comme d'habitude ? Non, elle nous a suivis dans la cuisine !

Ingrid – Alors Justine, qu'est-ce que tu as pensé de Jamal, hier soir ?

Justine – De qui ?

Ingrid – Ne me dis pas que tu as déjà oublié l'homme de ma vie.

Justine – Excuse-moi mais comme les hommes de ta vie ont tendance à vite défiler, je ne me souviens pas de chacun.

Ingrid – Le merveilleux beau brun à l'entrée de la boîte.

Justine – Ah oui. Vraiment pas mon style...

Ingrid – C'est quoi ton style ?

Justine – Taille moyenne, cheveux châtains, vit seul au rez-de-chaussée d'une grande maison bleue, a voyagé aux quatre coins du monde et est en terminale S au lycée Colette. Un garçon qui a passé la nuit avec une fille qui, depuis ce matin, se pose LA question de sa vie.

J'ai débité tout cela les yeux fixés sur mes Converse.

Ingrid – Et c'est quoi la question ?

Mais c'est pas vrai, elle veut pas nous oublier, elle ?

J'ai fixé mon prince. Il allait me prendre dans ses bras et me chuchoter à l'oreille : « Ça a été la plus belle nuit de ma vie, je suis ta première fois. »

Ingrid – Alors c'est quoi la question qu'elle se pose, la fille qui a passé la nuit avec Thibault ?

Ah non !!! ça suffit. Je me suis retournée, haineuse, et j'ai hurlé :

Justine – La question est : « Quand est-ce qu'Ingrid al as pot de colle va enfin comprendre qu'elle doit me lâcher ? »

Thibault a fait un bond en arrière. Il faut dire qu'en quelques mots, j'avais produit autant de décibels qu'un troupeau de marteaux-piqueurs.

Il m'a regardée, complètement interdit.

Ingrid n'a pas demandé son reste, elle a haussé les épaules puis elle est partie en grommelant :

Ingrid – C'est ça, elle se venge sur moi. C'est trop facile, qui veut noyer son chien l'accuse de l'orage !

Heureusement qu'on peut toujours compter sur Ingrid, en cas de conflit grave, pour nous faire rire !

Thibault m'a enlacée et m'a susurré à l'oreille :

Thibault – Maintenant que nous sommes seuls, j'ai moi aussi quelque chose d'important à te demander.

OUI, la réponse est oui...

Oui, je suis d'accord pour recommencer.

Oui, je suis d'accord pour t'aimer toujours.

Oui, je suis d'accord pour rencontrer tes parents.

Oui, je suis d'accord pour porter ton nom.

Oui, je suis d'accord pour te faire des enfants.

Oui, oui, oui, je suis d'accord pour tout et plus encore !

J'ai regardé mon prince avec ferveur, je brûlais de l'entendre prononcer la question à laquelle j'avais déjà répondu.

Thibault – Ça mange quoi un furet ?

J'hallucine, il ne m'a quand même pas demandé ce que mange un furet ? À moins que ce soit du langage codé ? Le furet serait une métaphore de notre couple et il chercherait à savoir de quels sentiments il se nourrit ?

Devant ma mine ahurie, Thibault a précisé sa pensée :

Thibault – Le furet est herbivore ou carnivore ? J'ai un steak haché et des carottes dans le frigo, je lui donne quoi ?

C'était bien une question sur l'alimentation du *Mustela putorius furo*. J'ai dégluti avec peine.

Mon prince m'a souri et, se collant davantage à moi, il a ajouté :

Thibault – Et puis aussi, je voulais te demander : est-ce que tu serais d'accord pour recommencer notre première nuit ? Parce que je dois avouer qu'après avoir mis tes affaires à la machine à laver lorsque tu as vomi puis t'avoir calmée et bordée quand tu rigolais nerveusement, j'étais crevé. Et comme tu t'es endormie en un clin d'œil, nous n'avons pas eu l'occasion de...

Thibault n'a pas eu besoin d'en dire davantage. Excepté la honte de m'être montrée si lamentable, je me sentais la plus heureuse des filles : je n'avais pas loupé ma première fois avec lui et il me proposait un nouveau rendez-vous pour célébrer comme il se doit notre amour !

Je me suis penchée :

Justine – Pour répondre à ta question, le steak haché, c'est parfait. Le furet est un animal carnivore. Son intestin est celui d'un carnivore typique, c'est-à-dire court, d'où une digestion rapide, environ trois heures.

Et devant l'air interloqué de mon grand amour, j'ai murmuré d'une voix suave :

Justine – Quant à notre nuit, je pense que nous devrions fixer une date immédiatement… T'as ton agenda ?

La vie en vert

Théo – S'il te plaît Justine...

Justine – Non, il est trop tôt. Je n'aurais jamais dû t'en parler, maintenant tu ne vas plus me lâcher. Je te préviens que si tu continues, je ne te garde pas aujourd'hui. J'appelle maman au bureau pour lui dire que je t'amène au centre de loisirs.

Théo – Allez, je te mettrai ta crème qui pue sur les pieds et je passerai l'aspirateur dans ta chambre pendant toutes les vacances.

Justine – Tu feras mon lit aussi ?

Théo – Oui et j'enlèverai la poussière sur ta collection de girafes.

J'avais commis l'imprudence de raconter à Théo, dimanche soir, à son retour, l'apparition de Lulu Cracra le furet et il n'avait pas réussi à s'endormir tellement il était excité. Ce matin, dès neuf heures il était dans mon lit, me suppliant de l'amener chez Thibault. Cela me donnait une super occasion de sonner chez mon prince, mais j'avais l'intention de me présenter devant lui lorsque je serais coiffée et légèrement maquillée.

Théo – Alors, tu es d'accord ?

Justine – Je vais d'abord boire mon thé et prendre ma douche. Après on verra.

Vous avez déjà essayé de petit-déjeuner en présence d'un gnome qui vous regarde avec des yeux de chien battu et suit le moindre de vos gestes comme si sa vie en dépendait ? Eh bien croyez-moi, ça gâche le goût de la tartine. Je n'ai pas tenu cinq minutes.

Justine – C'est bon, va voir ton DVD sur l'odyssée de l'espèce et je t'emmène après.

Théo – Promis, juré, craché ?

Justine – Oui, laisse-moi déjeuner en paix.

Théo est sorti de la cuisine en poussant des cris de Sioux. Il n'était pas parti depuis vingt secondes que j'ai vu sa petite tête réapparaître.

Théo – Il a les yeux de quelle couleur Lulu Cracra ? Parce que le furet peut avoir les yeux noirs, marron, bordeaux, rouges ou même presque roses parfois...

Justine – Et à ton avis, ils seront de quelle couleur tes yeux quand tu auras pleuré après une bonne fessée parce que tu ne me laisses pas tranquille ?

Théo a réfléchi un petit moment.

Théo – De la même couleur que les tiens si je dis à maman que tu n'as pas dormi à la maison samedi soir...

Justine – Comment tu sais ça, toi ?

Théo – Petite déduction... J'avais coincé un cheveu entre ta couette et ton drap. Or il y était toujours hier soir, preuve que tu n'as pas couché dans ton lit.

Justine – Mais pourquoi t'as fait ça ?

Théo – Je suis comme Tobie super détective, le héros de ma BD préférée. On croit qu'il ne sait rien parce qu'il est en CE1 mais il est malin. Il piège tout, même le sac de sa grand-mère.

Justine – C'est monstrueux. Et qu'est-ce que tu sais d'autre encore ?

Théo – Léa a embrassé Adam sur la bouche quand vous étiez dans la boîte et après, elle a regretté. Elle pensait à Peter et ça l'a dégoûtée. C'est pour ça qu'elle est partie sans toi. Elle était venue te chercher mais tu étais en train de voler un râteau à Thibault.

Justine – Voler un râteau ? Ça ne veut rien dire.

Théo – Si, j'ai écouté quand tu parlais avec Léa hier soir au téléphone et elle a dit ça. Tu peux vérifier, j'ai tout noté.

Justine – Quoi ?

Mon horrible petit frère a sorti de la poche de son pantalon de pyjama un carnet rouge. Sur la couverture, il avait dessiné une tête de mort.

Théo – Tobie super détective inscrit tout sur son carnet lui aussi. Ça peut servir de preuve en cas de problème...

C'est fou, on peut s'endormir le soir en embrassant son petit frère et se réveiller le lendemain face au chef de la police.

Théo – Tu vois, c'est écrit là : « Je n'aurais jamais dû sortir avec Adam. Lorsque j'ai réalisé que j'embrassais un autre homme que Peter, ça m'a dégoûtée. » Et puis aussi « Je suis venue te chercher mais tu n'as pas voulu venir, tu étais trop occupée à rouler une pelle à Thibault. » Ah oui, je me suis trompé, t'as pas volé un râteau, t'as roulé une pelle.

Mon Dieu, Bouddha, Allah, Jehovah, dites-moi que je nage en plein cauchemar !

J'ai adouci ma voix pour ne pas effrayer mon petit frère mais je n'avais qu'une envie, le noyer au fond d'un lac.

Justine – Et ça fait longtemps que tu notes tout comme ça ?

Théo – Depuis samedi.

Ouf, ça limitait un peu les dégâts !

Justine – Et qu'est-ce que tu as écrit d'autre ?

Théo, ravi que je m'intéresse à son activité, m'a donné son carnet.

« SAMEDI

Maman a dit à papa qu'elle avait de plus en plus de mal à supporter les Dubois : “Ils jouent aux riches mais qu'est-ce qu'ils sont ploucs avec leur piscine et leur baignoire qui fait jacuzzi.” Pourtant le soir quand on a mangé tous ensemble, maman a dit : “Quel bonheur votre maison, vous avez vraiment bien fait d'installer la piscine et le jacuzzi”. Est-ce que maman serait une menteuse ?

DIMANCHE

Quand je me suis réveillé ce matin, papa jouait avec la bretelle de chemise de nuit de maman. Elle lui disait d'un air très fâché : “Non, il y a Théo, il va se réveiller”. C'est nul, j'étais réveillé et je préférais jouer avec ma Wii que d'embêter maman. »

J'ai levé la tête, catastrophée. Mais ils étaient devenus fous ou quoi ? Avec Théo dans la chambre ? Ils étaient mariés depuis vingt ans, ils ne pouvaient pas rester tranquilles un week-end !

Théo – Alors, t'en penses quoi de mon carnet de détective ?

J'ai fermé précipitamment l'objet du délit.

Justine – Ce n'est pas bien Théo d'espionner tout le monde et je suis fâchée que tu aies écouté ma conversation avec Léa. Comment tu as eu cette vilaine idée ?

Théo – C'est pas une vilaine idée, maman, elle le fait parfois quand la secrétaire de papa l'appelle à la maison et que papa va dans la chambre pour lui parler.

Justine – Ah bon ?

Théo – Oui... et maman me dit toujours : « J'écoute pour être sûre qu'il lui donne bien tout son travail à faire mais il ne faut pas le répéter. »

J'ai failli m'étrangler. Dans quelle famille étais-je tombée ?

Justine – Écoute...

J'ai cherché les mots qui me permettraient de condamner les activités d'espionnage de Théo sans pour autant discréditer notre mère. Je n'ai pas trouvé...

Justine – Je vais prendre ma douche et on va chez Thibault, d'accord ?

Théo – Je peux descendre cinq minutes dans le jardin pour voir la cabane que Nicolas a fabriquée au furet ?

Qu'est-ce que vous pouvez refuser à un enfant possédant des dossiers susceptibles de faire « plonger » tout votre entourage ?

Justine – Oui, mais tu remontes aussitôt et tu ne fais pas de bruit. Il est possible que Thibault dorme encore. Je l'appellerai sur son portable dès que je serai prête. Et habille-toi, tu ne vas pas descendre en pyjama.

Théo n'a pas mis dix secondes pour enfiler son jean. J'ai hurlé dans les escaliers :

Justine – Tu ne touches pas la cabane, Nicolas a utilisé des vieilles planches et il y a plein d'échardes.

Trop tard, il devait être en bas... Je suis allée prendre ma douche.

J'ai repensé à la veille et à la bonne idée de Nicolas. Ah mais je ne vous ai pas raconté... Alors que nous buvions un thé en regardant Lulu Cracra installé sur le canapé, mon cousin avait proposé :

Nicolas – Tu veux que je construise une cabane dans le jardin pour ton grand-père ?

Justine – Arrête avec ça, tu deviens lourd !

Léa – Tu n'as pas choisi le bon verbe. Ton cousin ne devient pas lourd, il est lourd !

Thibault – Pourquoi vous le critiquez ? Je trouve ça génial comme idée. Tu serais d'accord pour lui faire une niche ?

Nicolas – Oui, il y a de vieilles planches dans la cabane à outils. S'il doit s'incruster, il sera mieux dans le jardin que sur un canapé.

Et voilà comment nous avions tous passé la fin de l'après-midi à aider Nicolas à bâtir une résidence secondaire pour Lulu Cracra. Enfin quand je dis tous, je devrais plutôt dire presque tous, parce qu'évidemment Ingrid était restée sur le canapé à lire un magazine de mode. La pluie avait cessé mais elle craignait que l'humidité attaque son brushing.

Moi, j'étais ravie. Collée à mon prince, je passais les clous et le marteau. Je nous imaginais construisant notre future maison à mains nues. J'aimerais bien qu'il y ait une salle de danse au sous-sol, je pourrais m'exercer à la barre tous les matins. Ce serait formidable... C'est vrai, on installe toujours des buanderies ou des établis pour bricoler, mais la danse c'est important dans la vie ! Plus qu'une perceuse ou un sèche-linge... J'étais sûre que Thibault comprendrait.

La douche glacée m'a ramenée soudain à la réalité. Je ne sais pas ce qui se passe avec la chaudière en ce moment, on passe du brûlant au froid polaire sans transition.

J'ai appelé Théo. Aucune réponse. J'ai foncé dans ma chambre pour voir par la fenêtre s'il jouait sagement dans le jardin.

Où était-il donc passé ? Je ne sais pas pourquoi mais dès qu'on me confie Théo, je suis paniquée à l'idée de le perdre.

Peut-être parce que je ne rêvais que de ça quand il est né car mes parents n'avaient d'yeux que pour lui...

J'ai attaché mes cheveux dégoulinants avec une vieille pince, enfilé ce que je trouvais devant moi et je suis descendue en catastrophe. Ça arrive que des enfants soient enlevés juste en bas de chez eux.

Théo, Théo, mais pourquoi est-ce que je t'ai autorisé à sortir tout seul ! Maman va me tuer. Déjà que depuis dimanche, elle refuse de m'adresser la parole.

J'ai dégringolé les escaliers et j'ai débarqué dans le jardin comme une folle hystérique.

Justine – THÉOOOOO !!!!!

Les volets de Thibault étaient ouverts, avec un peu de chance il avait vu la couleur de l'auto du ravisseur. J'ai cogné à la vitre de la porte-fenêtre comme une malade.

Je n'ai pas eu à attendre longtemps pour voir apparaître mon prince suivi de... mon petit frère qui mangeait une énorme tartine.

Dieu soit loué ! Je leur ai fait de grands signes derrière la fenêtre. Ils se sont arrêtés net, l'air stupéfait. Je me suis retournée pour voir ce qui causait leur étonnement et comme il n'y avait que moi, j'ai attendu qu'ils veuillent bien m'expliquer.

C'est Théo qui a parlé le premier :

Théo – Ben Justine, pourquoi t'as pas de pantalon ?

J'ai mis quelques secondes avant de réaliser le sens profond de la phrase de mon petit frère et quand j'en ai compris tous les mots, je suis restée pétrifiée. Je n'ai pas osé me regarder. Mais je n'avais pas le choix, je devais affronter la réalité : dans mon affolement, j'avais pensé à enfiler un pull, seulement j'avais oublié de mettre mon jean. Bref, j'étais en culotte dans le jardin.

Bien sûr, un esprit positif affirmerait que j'avais progressé puisque j'avais des sous-vêtements et un pull, mais quand même… Mon prince m'a souri :

Thibault – Entre, tu vas attraper froid.

Si Théo note cette scène sur son carnet rouge, je le tue.

Si Thibault répète ce qu'il vient de voir au club des CIK, je le tue.

Si un lecteur mal intentionné se souvient plus de cinq secondes de ce qu'il vient de lire, je le tue…

Thibault – J'ai fait du café, tu en veux ?

Justine – Non merci.

Thibault – Si tu préfères un jean avec un croissant, n'hésite pas !

Théo a éclaté de rire. Très drôle…

Mon prince s'est penché et m'a chuchoté à l'oreille, de manière à ne pas être entendu par mon petit frère :

Thibault – En ce qui me concerne, cette tenue légère me convient parfaitement. Elle me donne le plaisir d'admirer tes longues jambes fuselées.

J'allais lui répondre sur le même ton que s'il souhaitait revoir tout le reste, on pouvait peut-être s'arranger, lorsqu'une voix caverneuse a hurlé mon prénom. On a tous sursauté. La silhouette de mon cousin s'est découpée au fond du jardin.

Nicolas réveillé avant midi un jour de vacances ? C'est un contresens, que dis-je, une antithèse, un oxymore, l'ensemble des figures de style de la langue française… Théo qui avait Lulu Cracra dans les bras est allé lui ouvrir.

Nicolas – Putain Justine, t'abuses, ça fait au moins cinq minutes que je te…

Il s'est soudain interrompu. Ses yeux sont restés scotchés sur ma culotte.

LES FIGURES DE STYLE

LEXIQUE

Antiphrase : procédé qui consiste à exprimer une idée par son contraire. L'ironie repose souvent sur l'antiphrase.

☞ « Tes résultats au bac blanc sont vraiment exceptionnels ! » dans le sens de « Tes résultats au bac blanc sont vraiment catastrophiques ».

Comparaison : une comparaison est une mise en relation de deux termes à l'aide d'un terme comparant (comme, tel, semblable à, etc.).

☞ « Tes résultats au bac blanc sont semblables à Waterloo ! »

Prétérition : c'est lorsqu'on affirme passer sous silence une chose dont on parle néanmoins.

☞ « Je ne dirais pas que tes résultats au bac blanc sont épouvantables mais toutefois, il serait temps que tu te mettes au travail. »

C'est dingue ça, hier j'ai fini nue dans le lit de Thibault et personne n'en a rien su et aujourd'hui, alors qu'il ne s'est rien passé, deux témoins vont certifier que je me baladais en petite tenue chez mon prince.

Justine – C'est pas ce que tu crois...

Nicolas – Je ne crois rien mais j'aimerais autant que Théo n'assiste pas à une scène qui pourrait le perturber.

Quelle injustice ! Il se trompait de cible ! Nicolas ferait mieux de se renseigner sur les activités dominicales de mes parents.

Thibault – Justine vient de descendre.

Nicolas – Et elle s'est déjà désapée ?

Justine – Non, je n'avais rien mis.

Nicolas – Encore mieux.

Bon, j'arrête de vouloir me rattraper, je m'enfonce.

Et puis il commence à m'énerver Nicolas avec son air de mari sicilien trompé, je suis sa cousine, pas sa femme !

Théo – Eh Nicolas, j'ai vu la cabane de Lulu Cracra, elle est super...

Nicolas – C'est bien mon grand.

Je crois que si Théo lui avait dit : « Ne te retourne pas, il y a un homme avec un Beretta prêt à te flinguer. » ou même « Il reste un peu de salade niçoise dans le frigo. », Nicolas lui aurait répondu sur le même ton : « C'est bien mon grand ». La vue de ma personne en petite culotte dans le salon de Thibault semblait lui avoir brouillé le cerveau.

Comme je me sentais très mal à l'aise, j'ai décidé de rentrer chez moi sans plus attendre. Je m'étais suffisamment donnée en spectacle pour la journée.

J'ai laissé Théo avec les garçons.

Parfois, je me demande si je ne suis pas une poissarde... Pourquoi ? Parce que j'aurais pu remonter avec la simple honte de m'être présentée le cheveu mouillé et la culotte au vent devant mon frère, mon homme et mon cousin (ce qui constitue en soi une raison suffisante de se faire hara-kiri en public) mais non, il a fallu qu'il m'arrive pire.

Je n'avais pas grimpé trois marches que je me suis retrouvée nez à nez avec mon oncle, le père de Nicolas. On ne le voit jamais d'habitude parce qu'il est toujours en déplacement pour son boulot ou en week-end avec ses conquêtes.

L'oncle – Eh bonjour ma petite nièce chérie, quel plaisir de te...

Comme son fils, il est resté bouche bée devant ma tenue. Vu le nombre de gens qui admirent ma culotte depuis ce matin, j'aurais dû la louer comme espace publicitaire. J'ai décidé de la jouer cool.

Justine – Salut tonton ! Comment tu vas ?

L'oncle – Bien... Et toi ?

Moi, je me retrouve en « Petit bateau » dans les escaliers face à mon oncle et je vais mourir de honte, pourquoi ?

Justine – Super !!!

L'oncle – Nicolas n'est pas chez toi ? Il me fait la gueule parce que je l'ai réveillé. J'avais complètement oublié que vous étiez en vacances...

Justine – Non, il est chez Thibault. Je viens de le croiser là-bas.

Oh non... Il allait tout comprendre de travers lui aussi.

L'oncle – Ah c'est pour ça que tu n'as pas de... Eh bien, c'est fun dans cette maison ! T'inquiète, je ne dirai rien à tes parents. Je sais ce que c'est que d'être jeune...

Mon oncle a prononcé cette phrase en me faisant un énorme clin d'œil. Il adore jouer au tonton complice.

C'est plutôt sympa parce qu'avec lui, il n'y a jamais de remarques désagréables du genre : « Je te rappelle que tu as ton bac à la fin de l'année. » ou « Tu ne vas quand même pas aller au lycée avec un jean aussi troué ? », toutefois ça m'agace. Ça peut paraître bizarre mais dans le fond, même si je râle quand ma mère me surveille, je trouve ça normal.

Chacun sa place... Si des adultes comme mon oncle se mettent à changer de copine toutes les semaines, à sortir jusqu'à l'aube et à demander à leurs enfants s'ils n'auraient pas un joint pour terminer la soirée, comment doit-on réagir ?

L'oncle – Bon ben moi j'y vais... Profite bien, Justine !

No comment !

Finalement, j'étais chanceuse. J'aurais pu rencontrer le pervers du deuxième étage !!!

J'avais cinq messages quand je suis remontée. Trois de Jim et deux de Léa.

« Aujourd'hui, à neuf heures trente-cinq : Justine, c'est Léa. Qu'est-ce que tu fais, tu dors ? Je te rappelle qu'on avait rendez-vous à dix heures pour trouver un boulot. Rappelle-moi dès que tu as ce message. À tout'... »

« Aujourd'hui, à neuf heures quarante, Justine c'est Jim, t'es où ??? Il faut absolument que je te parle ! J'ai quelque chose à t'annoncer... »

« Aujourd'hui, à neuf heures quarante-cinq, Justine c'est moi Léa... T'as eu un appel de Jim ? Il a quelque chose d'important à nous dire mais il ne veut pas le faire si tu n'es pas là. T'es au courant de quelque chose ? Il avait une voix surexcitée. Rappelle-moi. »

« Aujourd'hui, à neuf heures quarante-huit, Justine c'est toujours Jim, je viens d'avoir Thibault, il m'a dit que tu venais de remonter chez toi !!! Alors rappelle-moi vite !!! »

« Aujourd'hui, à neuf heures quarante-neuf, Justine, c'est encore Jim, j'en ai marre d'attendre. Rendez-vous à onze heures pétantes chez Thibault, je préviens tout le monde. Soyez à l'heure. »

Mais que voulait-il nous annoncer ? C'était bien la première fois depuis son embauche au *Paradisio* qu'il semblait aussi énervé. J'ai essayé de le joindre illico pour en savoir plus mais je suis tombée sur sa boîte vocale. J'ai enfilé un jean et je suis redescendue aussi sec chez Thibault. Nicolas devait certainement être au courant. Jim ne lève jamais le petit doigt sans prévenir mon cousin.

Les garçons m'ont accueillie avec un air inquiet :

Nicolas – Ah Justine, t'as eu Jim ?

Justine – Il m'a laissé trois messages.

Nicolas – Et qu'est-ce qu'il t'a dit ?

Justine – Qu'il avait quelque chose à nous annoncer et qu'il fallait être ici à onze heures.

Thibault – Rien de plus ?

Justine – Non...

Thibault – Alors il ne nous reste plus qu'à l'attendre.

Justine – Nicolas, t'es sûr que tu ne sais rien ? Ça m'étonnerait que Jim ait pris une décision sans t'en parler.

Nicolas – Je t'assure que je n'ai aucune info.

Théo – Il va se marier...

On a éclaté de rire. Les enfants ont parfois de ces idées !

Théo – Ne rigolez pas, je vous dis qu'il va se marier.

J'ai regardé mon petit frère avec attention. Et si au cours de ses activités d'espionnage, il avait surpris une demande en mariage ?

Justine – Tu sais quelque chose à ce sujet ?

Théo – Oui, mais c'est pas dans mon carnet rouge parce que c'était avant samedi, donc j'ai pas noté...

Justine – Théo, raconte immédiatement ce que tu as entendu.

Théo – Eh bien, la dernière fois quand vous étiez tous à la maison, Jim et Yseult ils sont allés dans la chambre de papa et maman pour s'embrasser et ils n'ont pas vu que j'étais dans la petite salle de bain en train de jouer. C'est pas de ma faute si j'ai entendu leur secret.

Justine – Théo, crache ce que tu sais, je ne te gronderai pas.

Théo – Yseult a dit à Jim : « Maintenant qu'on l'a fait, on va être obligés de se marier. » Et Jim a répondu : « Je n'attends que ça. On fixe la date tout de suite si tu veux. »

Si je ne m'étais pas assise, je serais tombée par terre. Jim avait couché avec Yseult et il l'aimait au point de l'épouser. Cette fille qu'il avait rencontrée il y a à peine deux mois ! Même si elle était gentille et mignonnette, elle ne cassait pas trois pattes à un canard. Et depuis quand on épouse un garçon parce qu'on a couché avec lui ? Bon, Thibault et moi, c'est différent, on s'aime vraiment et puis de toute façon, il ne s'est rien passé, alors...

Nicolas a semblé lui aussi très agacé par la nouvelle.

Nicolas – Qu'est-ce que c'est que cette daube ? Jim ne m'en a pas du tout parlé. On ne se marie pas à dix-huit ans et deux mois avec une meuf qu'on connaît presque pas.

Thibault – Presque pas, tu exagères. D'après les informations de Théo, il la connaît plutôt bien.

Nicolas – On connaît pas une meuf parce qu'on a baisé une ou deux fois avec elle !

Justine – Nicolas, doucement sur le vocabulaire. Y a Théo...

Nicolas – En tout cas, c'est pas une raison pour se marier. On n'est plus au Moyen-Âge. Le problème avec Jim, c'est qu'il a tellement besoin d'amour qu'il est capable de faire n'importe quoi pour quelqu'un qui serait un peu sympa avec lui.

Justine – Ne dramatise pas non plus.

Nicolas – Je sais ce que je dis. À l'époque où il zonait, il s'est fait dépouiller par une meuf qui lui jouait le grand amour. Elle avait compris que c'est un fils de bourges et elle a piqué plein de trucs de valeur chez ses parents. Je ne dis pas qu'Yseult c'est le même genre mais si elle rêve d'un trip mariage, il va falloir qu'elle se calme. Je vais leur remettre les idées en place, moi, à elle et à Jim.

Décidément, Jim avait beau être mon meilleur ami, j'ignorais des tas de choses sur lui.

Thibault – Ne lui parle pas de cette façon quand il arrivera, tu risques de le braquer. Et puis, même si c'est prématuré, il peut avoir rencontré LA femme de sa vie. L'âge ne représente pas un critère. Roméo et Juliette avaient à peine quatorze ans quand ils se sont juré une fidélité éternelle, ça arrive les vrais coups de foudre.

Oh oui, ça arrive. Pour nous mon amour, il a suffi d'un seul regard... Enfin presque, j'avais pas mes lunettes la première fois !

Nicolas – *Roméo et Juliette*, c'est le film avec Di Caprio où ils meurent tous à la fin ?

– C'est d'abord une merveilleuse tragédie de Shakespeare...

Léa venait de faire son entrée.

Nicolas – Tiens voilà les A.B.C. du bac français sur pattes, bonjour Crueléa chérie !

Léa – Bonjour tout le monde. Des nouvelles de Jim ?

Justine – Pas encore... Mais peut-être une piste sur son scoop.

Léa – Alors ?

Nicolas – Jim va se marier.

Léa – Avec qui ?

Théo – Avec Yseult.

Léa – Ah bon !!! Je n'ai rien vu de tel pour lui dans mes tarots.

Nicolas – Ah merde alors, les cartes ne sont pas une science exacte, quelle déception ! On y croyait tellement.

Léa – Mais qu'est-ce qu'il a à m'agresser, lui ? Personne n'a pensé à lui filer ses croquettes ce matin ?

Thibault – C'est de l'amour, mais notre ami est timide, il ne sait pas comment te le manifester. Peut-être rêve-t-il en secret de t'épouser ?

Nicolas n'a pas ri à la remarque de Thibault. Il a haussé les sourcils et s'est arrangé pour changer de sujet. Mon prince a proposé une nouvelle tournée de thé et de café en attendant notre Jim préféré.

Ingrid a débarqué au moment où je servais. Elle s'est affalée sur le canapé sans saluer personne. Elle portait une paire de lunettes immense qui lui faisait des yeux de mouche et un foulard noué à la Scarlett Johansson.

Ingrid – Je suis over jet lag…

Nicolas – Ah oui ! Et ça fait mal ?

La peste n'a absolument pas tenu compte de la remarque ironique de Nicolas, elle a dit d'un air indifférent :

Ingrid – Alors, la nouvelle de Jim ?

Thibault – Yseult.

Ingrid – C'est pas vraiment nouveau.

Justine – Qu'ils soient ensemble non, mais qu'ils se marient oui.

Ingrid s'est redressée d'un coup d'un seul. Elle a failli en perdre ses lunettes.

Ingrid – C'est une joke ?

Nicolas – Je comprends rien, elle a avalé le site de traduction www.reverso.fr ou quoi ?

La réplique de mon cousin est tombée dans le vide. Un peu comme au théâtre lorsque les personnages font des apartés.

Léa – Non, Théo a surpris une conversation très privée entre eux.

Ingrid – Mais enfin, il ne va pas épouser cette gourde ?

Justine – Tu la trouves gourde ?

Ingrid – Elle ne sait même pas qui sont Paris Hilton et Victoria Beckham.

Justine – Et c'est tout ce qui te gêne dans cette affaire ?

Nicolas – Pourquoi, c'est qui Paris Hilton et Victoria Beckham ?

La peste a regardé Nicolas comme s'il était le dernier des dégénérés. J'ai beau ne pas avoir toujours envie de le défendre, là, je me suis sentie prête à sortir mes griffes.

Justine – Deux anorexiques décérébrées qui tueraient père et mère pour un sac ou une paire de chaussures. Tu trouveras leur biographie dans *Public* ou *Closer*, tu verras, c'est fascinant.

Ingrid – Il n'y en a vraiment pas un pour rattraper l'autre. Parfois, je me demande pourquoi je traîne avec vous.

J'ai eu envie de lui répondre que nous aussi, on se le demandait, mais l'ambiance était déjà assez tendue. Théo, qui depuis un petit moment jouait dans le jardin, est revenu avec Lulu Cracra. Il lui avait enfilé son bonnet noir sur la tête, ça nous a tous fait rire.

Théo – Il est pas trop mignon ?

Nicolas – Si ! On dirait Usher, il faudrait lui ajouter une chaîne en or et des diams aux oreilles. Vas-y Thibault, fais péter le son, on va voir s'il danse sur *Yeah* !

Cinq minutes après, c'était ambiance boîte dans le salon de mon prince et même Lulu Cracra à qui Nicolas avait mis les énormes lunettes d'Ingrid bougeait en rythme !

On dansait depuis vingt minutes lorsqu'il m'a semblé entendre un klaxon insistant venant de la rue. Je suis allée dans le jardin près de la porte aux turquoises.

Une petite voiture rouge était garée en double file et son conducteur klaxonnait de façon ininterrompue. Même en plissant les yeux comme une vieille taupe, je n'ai pas réussi à discerner son visage. Je me suis approchée.

Noooon, c'est pas vrai !!! J'ai applaudi des deux mains.

Les autres, qui m'avaient rejointe, ont poussé des hurlements de joie.

Nicolas – Putain, j'y crois pas, il l'a passé sans m'en parler. Quel enfoiré !

Jim est descendu triomphant de sa petite auto, une lettre à la main :

Jim – Pour ceux qui voudraient vérifier, voilà le papier qui certifie que j'ai obtenu mon permis de conduire. Seulement vingt heures de cours, et j'ai eu le code du premier coup. Pas mal pour un « idiot patenté », non ?... Alors qui monte ? Je vous embarquerais bien tous mais j'ai que deux ceintures à l'arrière et je ne voudrais pas perdre des points le premier jour.

Nicolas et Thibault se sont portés volontaires et comme il restait une place, Jim m'a chuchoté à l'oreille :

Jim – Monte devant, c'était un rêve de gosse de te balader un jour dans ma voiture.

J'ai acquiescé d'un air décontracté mais je ne sais pas pourquoi, mon cœur battait très fort lorsque je me suis assise près de lui. Des bouffées d'amour du passé sont remontées à la surface et il a fallu que je croise le regard de mon beau Thibault dans le rétroviseur pour me rappeler que c'était bien lui que je voulais dans mon lit et dans ma vie.

Deux tours de quartier plus tard, on était de retour et Jim est parti pour une nouvelle balade avec Léa, Ingrid et Théo.

Théo – C'était trop bien. Il conduit comme un champion, Jim ! Et il m'a promis de m'amener un matin à l'école. On pourra passer chercher mes deux copains aussi ?

Justine – Oh Théo, tu ne crois pas que tu exagères ?

Jim – Non, laisse-le, ça me fait super plaisir. C'est OK, Théo !

Nicolas – Mais dis-moi Jim, ta mère va te prêter sa voiture tous les jours ?

Jim – Non, juste cette semaine.

Devant nos mines déçues, il a souri :

Jim – Deuxième surprise de la journée, je vais m'offrir une petite voiture d'occasion. Ça fait des mois que j'économise et ma mère m'avait promis de m'en payer la moitié si je réussissais mon permis. J'en ai essayé une hier matin.

Nicolas – Putain la classe !

Ingrid – Moi, je vote pour la Smart décapotable !

Jim – Vu les prix, ça va être dur. Je cherche plutôt une vieille Micra ou une Clio.

Nicolas – Pourquoi tu ne prendrais pas un 4x4, c'est inusable et c'est le top.

Jim – Un 4x4 en ville c'est nul ! Les gens qui achètent ça sont des frimeurs qui veulent se faire remarquer. C'est une catastrophe écologique, ces voitures-là. Tu consommes un max, tu pollues deux fois plus et tu écrases tout sur ton passage ! Heureusement, il y a des citadins qui se battent pour les faire interdire.

Nicolas – Ouais, des aigris qui ne peuvent pas se les payer ou des excités qui se la jouent défenseurs de la nature.

Jim – N'importe quoi… simplement des gens qui réfléchissent. On ne peut pas agir sans jamais se soucier des conséquences pour la planète.

Nicolas – Ben qu'est-ce qu'il t'arrive ? Ouh là là, t'as le bout du nez qui devient vert. Fais gaffe, si tu commences à tenir ce genre de propos, tu vas finir par trier les poubelles et arrêter de fumer.

Jim – Trier les poubelles, je le fais déjà, quant à la cigarette c'est en projet.

Ingrid, qu'on n'avait plus entendue depuis sa proposition de Smart décapotable, s'est rangée du côté de Nicolas.

Ingrid – Moi aussi, ils m'agacent les écolos, si on les écoutait, on ne porterait plus de manteaux de vison ni de sacs en croco. Qu'est-ce que ça peut leur faire, c'est pas à eux qu'on prend la fourrure… Et les animaux, ils s'en moquent, ils sont déjà morts.

Léa a regardé Ingrid, consternée.

Léa – Qu'est-ce que tu crois, qu'on arrache la fourrure des vieux visons dans leurs maisons de retraite, juste avant leur enterrement ? Figure-toi qu'on les tue pour ça, et en général quand ils sont très jeunes parce que les peaux sont plus belles. Franchement, entre Nicolas et toi, je ne crois pas avoir entendu autant d'inepties de toute ma vie.

Justine – Moi, pareil !

Thibault – Je dois avouer que je partage votre point de vue. Même si je ne fais pas partie des écolos actifs, je crois qu'ils ont raison. On ferme les yeux mais on commence déjà à payer nos comportements de pollueurs. Le réchauffement de la planète, c'est pas de l'intox pour effrayer les gens. On va au-devant de terribles catastrophes naturelles.

Nicolas – C'est bon, calmez-vous, pas la peine de me regarder comme si j'étais responsable de la canicule, des inondations et de la disparition des ours bruns des Pyrénées. Elles ne sont pas à moi les usines qui rejettent des déchets toxiques dans les rivières. Si vous voulez, je mettrai ma canette de bière dans la bonne poubelle et je prendrai ma douche avec un chrono. Mais franchement, c'est pas avec le malheureux 4x4 que Jim aurait acheté qu'on aurait causé un tsunami...

Léa – Si tout le monde pense comme toi, plus personne ne fait d'efforts. Et on achète en bonne conscience sa grosse voiture polluante en se disant que chacun, à son niveau, ne peut rien changer.

Nicolas – Et qu'est-ce que tu proposes ?

Léa – D'abord une démarche individuelle : ne pas gâcher l'eau, faire du tri sélectif, préférer le covoiturage. Et puis, peut-être des actions plus agressives si le monde ne comprend pas.

Nicolas – Comme quoi ?

Léa – Je ne sais pas... Je désapprouve ceux qui dégonflent les pneus des 4x4 en ville, mais au fond, je les comprends. J'aimerais avoir le courage d'être militante.

Nicolas – Putain, si un mec crevait les pneus de ma caisse sous prétexte de sauver la planète, je lui atomiserais la gueule.

Justine – On pourrait faire un truc plus soft, je sais pas moi, poser des autocollants sur les pare-brise : « Laissez les 4x4 retourner dans la brousse ou dans la montagne. »

Ma proposition a été applaudie par le clan des verts. Léa et Thibault ont proposé des variantes :

Thibault – « Sauvez le monde, renvoyez les 4x4 à la campagne. »

Léa – « Laissons les 4x4 vivre dans leur milieu naturel. »

Fiche écologie :

LES DÉCHETS PAR PERSONNE

1- Combien de kilos de déchets un Européen adulte jette-t-il par an ?

360 kg par an, soit près d'un kilo par jour !

2- À ton avis, c'était comment il y a quarante ans ?

On produisait deux fois moins de déchets.

3- Quelle est la moyenne du poids des déchets ménagers en France par an ?

Près de 22 millions de tonnes.

4- À ton avis, ça fait combien de fois le poids de la tour Eiffel ?

À peu près 2500 fois le poids de la tour Eiffel !

Théo qui avait toujours Lulu Cracra dans les bras a ajouté à son tour :

Théo – « Un 4x4 heureux, c'est un 4x4 plein de boue ! »

Son slogan m'a fait comme un électrochoc. J'ai dit aux autres, des paillettes plein les yeux :

Justine – J'ai une idée d'enfer !

Nicolas – Ah oui... je crains le pire !

Justine – On va couvrir de boue les 4x4 garés dans les rues de la ville pour qu'ils retrouvent leur véritable nature. Comme ça peut-être que leurs propriétaires comprendront le message en douceur.

Léa – Génial !

Jim – Fabuleux !

Thibault – Extraordinaire !

Théo – Je pourrai venir moi aussi ?

Nicolas nous dévisageait, effondré.

Nicolas – Vous déconnez, j'espère ?

Justine – Pas du tout ! Et en tant que marraine autoproclamée de l'association, je propose une expédition punitive dès ce soir. Nicolas, tu viens avec nous ?

Nicolas – Je vous accompagne au cas où vous tomberiez sur un mec qui voudrait, à juste titre, vous taper dessus mais je suis pas dans le coup.

Justine – Et toi Ingrid ?

Ingrid – Euh... Non merci. La boue, je ne la supporte qu'en thalasso.

Dix minutes plus tard, assis sur la terrasse, on mélangeait de la terre et de l'eau dans des seaux. Le pervers qui, depuis dimanche, avait droit à un spectacle permanent dans le jardin avait regagné sa place favorite – derrière ses volets – et nous observait.

Jim – On y va à quelle heure ?

Thibault – Il faut attendre qu'il fasse nuit.

Jim – Parfait ! Je laisse un message à Yseult pour qu'elle nous rejoigne.

Léa – Lave-toi les mains d'abord, sinon tu vas coller aux touches de ton portable !

Nicolas, qui depuis un petit moment nous regardait faire, a dit d'une voix hésitante :

Nicolas – Dis donc Jim, si t'as fini ton atelier boue, j'aimerais te poser une question à propos d'Yseult.

Jim – Vas-y mec !

Nicolas – Tu comptes vraiment te marier avec cette meuf ?

Jim – Ça va pas la tête ! Qui t'a dit ça ?

Théo qui, malgré la température extérieure, pataugeait avec plaisir, les pieds nus dans un seau, s'est arrêté net et a hurlé :

Théo – C'est toi ! J'ai tout entendu...

Jim – Ah bon !

Théo – Oui, Yseult t'a dit : « Maintenant qu'on l'a fait, on va être obligés de se marier. » et tu lui as répondu : « On fixe la date quand tu veux. »

Jim a éclaté de rire.

Jim – Ce sont les répliques d'une comédie musicale des années trente qu'adore Yseult. On se les chante parfois.

Devant nos airs gênés, il a ajouté :

Jim – Vous n'avez quand même pas cru que c'était ça, la nouvelle du jour ?

Et comme personne ne répondait :

Jim – Je répète ma question, vous n'avez quand même pas imaginé que c'était ce que je voulais vous annoncer ?

Justine – Pas du tout !

Léa – Juste un peu.

Thibault – On a eu un gros doute.

Le visage de Jim s'est contracté.

Jim – Vous me prenez pour un pauvre mec capable de faire n'importe quoi, même de me marier à dix-huit ans avec une fille que je connais depuis deux mois ?

Nicolas – Ne le prends pas mal. Je me suis juste inquiété pour toi parce que... t'es mon meilleur pote.

Pendant quelques secondes, j'ai craint que Jim ne nous pardonne pas. Il est si susceptible... Mais, s'approchant de Nicolas, il a balancé sur son jean la boue qu'il avait dans les mains en hurlant comme un gosse :

Jim – Aidez-moi les filles ! Première cible à remettre dans son environnement naturel : le *dynosorus amicus*, le seul animal à être un ami pour la vie.

Et tandis qu'on canardait mon cousin avec nos munitions sous le regard dégoûté d'Ingrid, j'ai trouvé qu'on formait une super bande de cinglés.

Safari de nuit

Justine – Léa ? Ouais, je dormais encore... j'ai pas entendu mon réveil. Heureusement que tu m'appelles. Tu t'es remise des émotions d'hier soir ?

Léa – Oui, et toi ?

Justine – Je n'ai pas réussi à m'endormir avant trois heures, j'avais le cœur qui s'affolait dès que j'entendais le moindre bruit. Je n'avais jamais remarqué que le parquet craque la nuit et que la chaudière s'allume sans qu'on lui demande rien.

Léa – Moi aussi, j'étais super agitée, j'ai mis un temps fou à m'endormir. Bon, tu te souviens que je viens te chercher à neuf heures et quart ?

Justine – T'es sûre de vouloir y aller ?

Léa – Ben oui... Une journée de boulot sur presque deux semaines de vacances, c'est le minimum légal. Comme ça, on pourra dire qu'on a travaillé à la Toussaint.

Justine – Tu sais qu'elle est odieuse la fleuriste pour qui on va travailler ?

Léa – Si je n'avais pas compris, il faudrait que je consulte, ça fait au moins dix fois que tu me le répètes.

Justine – Je préfère te prévenir. Je crois qu'elle a accepté de nous embaucher uniquement parce que mon père le lui a demandé.

C'est lui qui signe les bons de commande pour la décoration florale de son entreprise, alors elle craint de le perdre comme client mais c'est une vraie... Comment ils s'appellent déjà les salauds qui gardent Cosette et font croire à sa mère qu'elle est gravement malade ?

Léa – Les Thénardier.

Justine – Voilà, c'est une vraie Thénardière.

Léa – Oui, seulement nous ne sommes pas des petites filles sans défense. Après notre expédition d'hier soir, on peut même affirmer que nous sommes des combattantes.

J'ai ri toute seule dans mon lit, oui, elle avait raison. J'ai toujours tendance à me prendre pour une petite chose fragile, j'oublie que, comme tout le monde, je dispose de ressources capables de déplacer des montagnes. Enfin, au moins des poubelles !

Pourquoi des poubelles ? Je vous raconte...

Hier, après avoir dîné chez Thibault, on a pris nos seaux, nos grosses éponges et des tabliers en plastique achetés pour l'occasion chez E.D. et on s'est entassés dans la voiture de Jim direction le centre-ville pour exécuter notre plan : couvrir de boue tous les 4x4.

Entassés, le mot est faible. Dans la mesure où il y avait à l'arrière : Thibault, Léa, Yseult, Ingrid (qui finalement avait décidé de venir) et moi, nous nous sommes contre-plaqués, que dis-je, nous nous sommes agglomérés les uns contre les autres.

Ce n'était pas fait pour me déplaire car j'étais à côté de mon prince. Le jour où nous serons enfin nus l'un contre l'autre dans un lit, nous ne serons jamais aussi proches que nous l'avons été dans cette voiture. Pour éviter le coude d'Ingrid qui me rentrait dans les côtes, le seau qui me sciait les mollets et la ceinture de sécurité qui me coupait le souffle, j'étais obligée de m'amalgamer à Thibault. Il n'y avait plus aucun moyen de résister à son irrésistible pouvoir d'attraction, surtout dans les virages !!!

Jim a garé la voiture dans une petite rue sombre et nous avons sorti notre matériel avec la plus grande discrétion. Nicolas, qui trouvait notre idée de plus en plus débile, n'arrêtait pas de râler.

Nicolas – Vous vous verriez avec vos seaux pleins de boue et vos grosses éponges, vous faites pitié ! Qu'est-ce que je fous là...

Léa – Personne ne t'a demandé de venir.

Nicolas – Oui et qui vous aidera en cas de coup dur ? Franchement, je serais tranquillement chez moi en train de bouffer et je verrais une équipe de bouffons saloper ma voiture, je descendrais à la vitesse de la lumière leur donner une leçon.

Léa – À moins que tu comprennes soudain que c'est la nature que tu t'apprêtes à détruire et que tu les remercies pour leur geste hautement symbolique.

Nicolas – Je crois que tu rêves, ma grande.

Léa – Gandhi, Rimbaud et Van Gogh aussi rêvaient le monde et ils ont fini par le changer.

Nicolas – Tu parles d'une équipe de bras cassés : un squelette en robe, un poète marchand d'armes et un fou qui s'est coupé l'oreille, même Bruce Willis dans *Armageddon* est plus crédible !

Léa – Bravo Nicolas, quelle culture... Je craignais que tu croies que Van Gogh est un meuble Ikea et Rimbaud le personnage interprété par Sylvester Stallone.

J'ai éclaté de rire. C'est vrai, Rimbaud c'est le Rambo de son époque. Mon cousin a très peu apprécié l'humour de Léa.

Nicolas – Premièrement, je suis moins con que tu ne le penses, deuxièmement, si un type veut te taper dessus tout à l'heure quand tu t'amuseras avec la boue, je ferai comme tes héros : je l'inviterai à célébrer la non-violence, je lui écrirai un poème ou je lui peindrai des tournesols tordus. On verra si ça te sauve d'un Néanderthalien avec gourdin !

Jim, qui ne supportait pas les échanges piquants de ses deux amis, a tenté de faire diversion :

Jim – Avant d'accomplir notre devoir d'humains responsables de la planète, je souhaiterais remercier vivement Nicolas et Léa pour leur duo d'humour et de culture générale. Quelqu'un a quelque chose à ajouter ?

Ingrid – Oui ! C'est qui Rimbaud ?

Léa – Comme il n'est sorti ni avec Paris Hilton ni avec Nicole Richie, ça ne va pas t'intéresser de savoir que c'est un grand poète symboliste !

Ingrid – Ah oui, je me souviens, le beau gosse qui couchait avec Verlaine.

Léa – Exact...

Comme quoi, il y a différentes façons d'aborder l'histoire littéraire !

Jim – Je propose qu'on fasse d'abord un repérage dans les rues voisines pour localiser les 4x4 éventuels. Quelqu'un pourrait rester ici avec les seaux et les éponges et des groupes de deux iraient en reconnaissance.

Ingrid – Moi, je veux bien rester parce qu'avec mes nouveaux escarpins, je ne peux pas marcher.

Nicolas – Tu achètes des pompes avec lesquelles tu ne peux pas marcher ?

Ingrid – Mon pauvre Nicolas, tu ne comprendras jamais rien aux femmes.

Et comme Jim fronçait les sourcils, agacé par toutes ces réflexions qui l'empêchaient d'annoncer son plan génial, elle a ajouté doucement :

Ingrid – Comme si se sentir bien dans des chaussures pour marcher était un critère pour les acheter !

Jim – Bon, Ingrid, tu restes là. Pour les groupes, je vous propose : Thibault-Justine ; Nicolas-Léa ; Yseult et moi. Ça convient à tout le monde ?

Ingrid – Excuse-moi Jim mais répartis comme ça, vous allez repérer des voitures polluantes ou vous embrasser au clair de lune ?

Léa – En ce qui nous concerne, il n'y a pas de risque... Hein mon Nicolas chéri ?

Nicolas – De toute façon, moi, j'assure juste la sécurité en cas de galère.

Yseult – En ce qui nous concerne, je ne peux pas promettre un parfait professionnalisme. Il est possible qu'un ou deux baisers soient échangés.

Tiens, on ne l'avait pas entendue depuis longtemps. Qu'est-ce qu'elle a l'air tarte quand elle regarde Jim avec ses grands yeux écarquillés. On dirait... Qui a soufflé : « On croirait Justine lorsqu'elle regarde Thibault » ? Rien à voir.

Oh non... Jim l'embrasse maintenant pour cette déclaration d'amour au clair de seaux et d'éponges !

Justine – Bon, on y va ?

Jim – C'est parti ! Rendez-vous ici dans un quart d'heure.

Et nous avons choisi trois directions différentes pour notre repérage. Ingrid n'avait pas tort, Thibault et moi avons passé plus de temps à nous embrasser qu'à chercher les 4x4. Trop bien.

Ouvrons les portes des asiles, des prisons et autres facultés.

L'IMAGINATION prend le pouvoir.

Les slogans de mai 68

Sous les pavés, la PLAGE...

Il est interdit d'interdire.

Les murs ont des oreilles. Vos oreilles ont des murs

Soyez réalistes, demandez l'impossible !

Désirer la réalité, c'est bien! Réaliser ses désirs, c'est mieux!

Le respect se perd, n'allez pas le chercher.

Le rêve est réalité.

J'ai trouvé ma vocation dans la vie : embrasseuse de mon prince ! Toutefois malgré nos baisers, nous avons réussi à débusquer deux 4x4 et c'est très fiers de notre safari écolo que nous avons annoncé notre score. Jim et Yseult en avaient repéré deux aussi, Nicolas et Léa seulement un.

À se demander ce qu'ils avaient fabriqué pendant tout ce temps !

Jim – Ça nous fait donc cinq véhicules au total. Je propose que maintenant, nous agissions ensemble : deux qui font le guet dans la rue, deux qui surveillent les fenêtres et les balcons, trois qui recouvrent de boue le 4x4. Ça vous paraît bien ?

Nicolas – Moi, je ne surveille rien... Je cogne en cas de baston, c'est tout.

Jim – D'accord.

Notre première cible était un vieux Range Rover avec un siège enfant à l'arrière. Un nounours usé par des mois de câlins trônait là. Mon cousin a sauté sur l'occasion.

Nicolas – Vous pensez à la pauvre mère de famille qui demain matin va se dépêcher pour emmener son bébé à la crèche avant d'aller bosser et qui va trouver sa voiture dégueulasse ?

Justine – Demain, c'est le 1er novembre, personne ne bosse !

Nicolas – Pardon, vous pensez à la pauvre mère de famille qui après-demain matin...

Jim – On ne change pas le monde sans faire un peu de casse.

Léa – Et puis cette brave mère de famille est en train de pourrir la terre de ses enfants. Si elle les aimait, elle devrait prendre conscience de l'effet toxique de sa voiture de frime. Son pot d'échappement pollue juste au niveau des poussettes. Elle finira par nous dire merci.

Ce dernier argument a redonné du sens à notre expédition et nous avons suivi Léa qui, dans un bel élan, avait jeté la première éponge ! C'est fou la surface d'un 4x4 ! Avec un seau entier, nous avions à peine recouvert le capot.

Léa – Il va falloir se contenter de mettre de la boue sur les pare-brise et les fenêtres, sinon on sera vite en rupture de stock.

Léa n'avait pas fini sa phrase que mon portable a sonné. On a tous sursauté.

Nicolas – Putain, Justine, tu vas nous faire repérer !

J'ai décroché pour que le bruit cesse.

Justine – Allô...

Une voix masquée m'a répondu :

– Ici Mister freeze... Message pour Miel pops, vous me recevez ?

C'était Théo ! Pour me débarrasser de lui, je lui avais ordonné de surveiller les parents et de descendre chez Thibault accomplir une mission de la plus haute importance. Évidemment, ça ne servait à rien mais mon petit frère, ravi que sa vie ressemble à celle de Tobie, son héros préféré, prenait cela très au sérieux.

Justine – Je vous reçois cinq sur cinq.

Théo – Rien à signaler. P et M regardent la télé, j'ai bien allumé la lumière et la musique chez T pour qu'on croie que vous êtes en bas.

Justine – Parfait Mister freeze... opération « bien-être des 4x4 » en cours. Nous n'avons perdu aucun homme. Continuez à surveiller de très près P et M. Ils sont dangereux.

Théo – Bien reçu. Bonne chance. Je dois vous laisser. P se dirige vers frigo. J'ai peur qu'il repère ma planque. Il faut que je rampe jusqu'au canapé.

Justine – Bonne chance à vous aussi. J'espère qu'on se reverra...

Lorsque j'ai raccroché, les autres me regardaient avec inquiétude.

Jim – Il y a un problème, Justine ?

Justine – Non, c'est Théo. Il a bien fallu que je l'occupe pour qu'il ne soit pas dans nos pattes. Il surveille les parents, à plat ventre dans le salon, et doit me prévenir en cas de mouvement. Là, mon père s'est levé pour prendre un fruit ou une bière dans la cuisine...

Ils ont tous éclaté de rire. Sauf Nicolas.

Nicolas – Je ne comprends pas pourquoi vous vous marrez. Théo avec ses gesticulations de faux agent secret est moins ridicule que vous, avec vos éponges et vos seaux. Et lui au moins, il a l'excuse de l'âge !

Sa remarque qui se voulait vexante n'a pas entamé notre bonne humeur et nous avons attaqué « l'embouage » d'un 4x4 Mercedes rutilant garé quelques mètres plus loin.

Nicolas – Il est superbe ce GL500, le pauvre mec a dû s'endetter à mort pour se le payer.

Avant que mon cousin préféré développe une théorie fumeuse sur la propriété qui aurait pu nous influencer, Léa s'est dépêchée d'ajouter :

Léa – Oui, c'est une cible encore plus précieuse. Cette voiture a devant elle de belles années de pollution.

Et vlan, trois éponges pleines de boue lancées avec entrain sur le pare-brise !

Ah non, quatre... la peste s'y mettait aussi !

Il y aurait vraiment eu une photo à prendre : Ingrid en minijupe perchée sur des talons et tenant du bout de ses ongles roses pailletés une grosse éponge pleine de boue, c'est comment dire... une sorte de paradoxe.

L'être humain s'adapte à toutes les situations. Alors que j'avais « emboué » mon premier 4x4 le cœur battant, je tartinais le deuxième avec allégresse. Oui, je sauvais la planète et je me voyais sur une terre fleurie, peuplée de papillons multicolores et d'écureuils.

Oh... posé au milieu d'un énorme chou bleuté, il y a un bébé joufflu : Thibault junior.

Il est trop mignon avec ses grands yeux marron comme son papa et ses petites fossettes quand il sourit.

Je n'avais pas remarqué, il a de minuscules Converse rouges. Viens mon ange, je vais te faire un câlin.

Léa – Ça va Justine ?

Je me suis retrouvée dans la rue, face à l'énorme machine noire.

Justine – Oui, pourquoi ?

Léa – Parce que tu tends les bras au 4x4 d'un air benêt alors je me demandais...

Justine – C'est rien, je m'étire, j'avais des crampes.

Léa m'a regardée jusqu'au fond de l'âme et elle a souri avec son air de sorcière.

Léa – Il était si mignon ?

Justine – Qui ça ?

Léa – Tu sais bien... Parfois nos rêves sont tellement forts qu'on leur donne forme, et même les autres peuvent les apercevoir.

Justine – On devrait te brûler avec ton balai sur la place publique !

Léa – Tu te sentirais bien seule. Allez vas-y, il reste un coin de vitre propre.

Notre troisième cible se la jouait traversée du désert. Rien ne manquait : ni la couleur sable de la carrosserie, ni les vitres teintées, ni le pare-buffle en cas de choc frontal avec un animal sauvage. Même Nicolas a critiqué.

Nicolas – Il y en a vraiment qui se la pètent !

Léa – Tu veux mon éponge, chéri ?

Nicolas – Non merci, mais je n'en suis pas encore là.

Léa – Tu finiras par te rendre à la raison.

Jim – Ce 4x4 devrait bénéficier d'un régime de faveur. En plus du pare-brise et des fenêtres, je propose d'embouer les rétros.

La proposition de Jim a été approuvée à l'unanimité plus une voix, l'enthousiasme d'Yseult comptant double. Elle commençait d'ailleurs franchement à m'agacer. J'aurais aimé lui rappeler qu'elle ne connaissait Jim que depuis deux pauvres mois et que cela ne tenait pas la route une seconde face aux années d'amour entre nous.

Nous étions en train de parfaire notre œuvre, ajoutant une deuxième couche de boue côté conducteur, lorsqu'une alarme stridente a retenti. Mon cœur s'est emballé et j'ai cru que j'allais faire pipi dans ma culotte.

Nicolas – Putain, j'en étais sûr... ce con a foutu une alarme sur sa caisse de merde.

Une fenêtre s'est ouverte précipitamment et un homme a hurlé :

L'homme – Je vous préviens que je descends et qu'on appelle les flics.

Nicolas a pris les choses en main.

Nicolas – Courez le plus vite possible jusqu'à la voiture de Jim, je vais essayer de calmer ce gros con.

Jim – Je reste avec toi, allez-y les autres. Thibault, s'il te plaît, occupe-toi des filles.

Thibault – D'accord.

Alors qu'on s'éloignait à grandes enjambées, je me suis sentie super mal. Comment se faisait-il que mon prince ait accepté aussi vite d'abandonner ses copains ? Avait-il obéi à l'injonction de Jim pour nous protéger ou était-il trouillard ?

Le hurlement d'Ingrid ne m'a pas laissé le loisir de me poser longtemps la question. Debout sur une jambe et se tenant le pied gauche, elle semblait terriblement souffrir. Au péril de nos vies, on s'est arrêtés net pour se précipiter à sa rescousse.

Yseult – Tu t'es tordu la cheville ?

Ingrid – Non, pire !

Pire que la cheville ? Elle s'était cassé le pied ? La jambe ? Non ? Mais quoi alors ?????

Ingrid – Je me suis pété un talon.

Le regard de silex que Léa a lancé à la handicapée de l'escarpin a suffi à la faire détaler, pieds nus.

Je me suis retournée pour voir où en étaient Jim et Nicolas. Marchant à vive allure dans notre direction, ils protégeaient notre fuite en jetant des coups d'œil furtifs derrière eux.

Nous étions à plus de cinquante mètres du lieu du crime lorsque j'ai aperçu, embusqué derrière un mur, un type qui les attendait, une bombe lacrymogène à la main. Alerté par les cris de son voisin et la cavalcade dans la rue, il voulait manifestement faire justice lui-même.

D'où ils étaient, les garçons ne pouvaient pas le voir et ils allaient être massacrés... Avant même que mon esprit analyse la situation, j'ai fait demi-tour pour leur porter secours. J'ai retrouvé Léa à mes côtés au moment où, pour bloquer notre ennemi, je lui balançais dans les jambes un container d'ordures. Ma meilleure amie a renversé le container suivant.

Yes !!! Si j'avais pu téléphoner à ce moment-là à Théo, je lui aurais dit : « Cible neutralisée, nous avons récupéré nos hommes, nous rentrons sains et saufs au campement. »

Jim – Merci les filles, courez, vous avez pris assez de risques.

Et tandis que je me retournais pour voir dans quel état était l'homme aux poubelles, j'ai aperçu son visage éclairé par le réverbère.

Mais je le connaissais, lui... C'était qui ? À cette distance et sans lunettes, je ne voyais pas grand-chose. Tant pis, on ferait les présentations à un autre moment.

Inutile de vous décrire l'état dans lequel on était lorsqu'on est enfin arrivés chez Thibault. En plus d'être couverts de boue, nous étions complètement stressés. Nicolas a décidé de ne plus jamais nous adresser la parole de sa vie et Ingrid a pleuré comme une starlette qui a survécu à un tremblement de terre dans un film américain à petit budget.

Jim – Il faut que cette soirée nous serve de leçon. Pour notre prochaine expédition, nous devrons réfléchir au problème de la sécurité.

Mon cousin, pour la dernière fois de la soirée, a hurlé :

Nicolas – Parce qu'après ce qui vient de se passer, il y aura une prochaine fois ??? Mais vous êtes de grands malades !!! Allez, salut...

Il a claqué la porte et est remonté chez lui. Il y a eu un silence de mort. C'est Thibault qui a osé le rompre :

Thibault – Café pour tout le monde ?

Léa – Plutôt un tilleul camomille pour arrêter mes tremblements !!!

Yseult – Pas pour moi, merci, je vais rentrer, il faut que je dorme, j'ai un cours de chant demain à huit heures.

Jim – Je te raccompagne.

Voyant l'opportunité de se faire ramener en voiture, Ingrid a cessé de pleurnicher.

Ingrid – Moi aussi je vais rentrer mais je me sens au bout du rouleau.

La réponse de Jim ne s'est pas fait attendre :

Jim – Je te dépose, il n'y a pas de souci.

Si je n'avais pas perçu la légère grimace d'agacement d'Yseult, je crois que j'aurais fait une remarque à la peste. Mais le plaisir de savoir qu'elle allait gâcher le retour romantique des deux tourtereaux l'a emporté. Oui, je sais, je ne suis pas très charitable mais qui a dit qu'il fallait forcément aimer son prochain ? Surtout quand c'est une prochaine et qu'elle vous pique votre meilleur ami...

Jim a insisté pour raccompagner aussi Léa et comme Thibault ne me proposait pas de rester pour boire un tilleul camomille en tête-à-tête, j'ai suivi les autres.

Je suis rentrée sans faire de bruit pour ne pas réveiller mes parents. Lorsque je me suis assise sur le bord de mon lit, j'ai senti quelque chose bouger sous mes pieds. J'ai crié comme je pensais que seule Ingrid peut crier. Quelqu'un a bondi pour me bâillonner. J'ai failli tomber dans les pommes.

– N'aie pas peur Miel pops, c'est moi...

Théo !!! je l'avais oublié celui-là. Il n'était pas encore couché ? En tenue de judo avec ceinture jaune et lunettes rondes sous sa cagoule bleue, il ressemblait à un personnage de bande dessinée. Il attendait avec impatience que je lui raconte ma soirée. D'ailleurs, il semblait tellement captivé dès que j'ai commencé que j'en ai un peu rajouté.

Justine – Voyant Jim et Nicolas en danger, j'ai couru en poussant le cri qui tue et j'ai frappé l'ennemi des deux pieds en même temps. Nos corps ont roulé sur le sol. L'ayant immobilisé, j'ai décidé de lui bander les yeux pour qu'il ne voie pas mon visage.

Théo – Avec quoi tu lui as bandé les yeux ?

Avec quoi ? Avec quoi ? Je lui en pose, moi, des questions... Il est pénible ce gosse.

Justine – Je ne sais plus. Pourquoi, c'est important ?

Théo – Oui, si c'est une écharpe à toi, on pourrait t'identifier à partir d'un simple cheveu avec un test ADN.

Mais pourquoi les parents laissaient-ils cet enfant lire une BD totalement subversive ?

Justine – Ah ça y est, je me souviens ! J'ai pris un chiffon tombé de la poubelle.

Théo – Mais les ordures n'étaient pas dans des sacs fermés ?

Eh bien voilà... Racontez une belle histoire à un sale môme et vous avez droit à un interrogatoire digne de l'Inquisition.

Théo – Tu sais Justine, tu dois absolument travailler ton alibi si la police t'interroge demain. S'il y a autant de zones d'ombre, tu vas finir en prison.

Ça c'était la réplique copiée collée d'un de ses romans jeunesse. J'ai envoyé le morveux au lit et moi, je n'ai pas pu m'endormir. Entre ses questions tordues et sa menace de garde à vue, je me suis imaginée finissant dans un centre pour mineurs délinquants.

Vous comprenez pourquoi ce matin, à huit heures et demie, j'étais toujours dans le brouillard quand Léa m'a téléphoné.

Lorsque je suis entrée dans la cuisine, mes parents étaient en grande discussion.

Le père – Tu te rends compte, les voitures ne sont plus en sécurité dans les rues !

La mère – C'est incroyable... Mais il n'avait pas loué un parking ?

Je n'écoutais pas vraiment la conversation de mes parents. Souvent lorsqu'ils parlent, ils créent un fond sonore.

Le père – Je ne sais pas. En tout cas, c'est une erreur quand on possède un si beau 4x4.

Soudain, j'ai senti un frisson me parcourir l'échine. Comme l'avertissement d'un danger imminent. J'ai mis de l'eau dans la bouilloire et j'ai essayé de respirer normalement.

La mère – Mais ces petits voyous n'ont pas réussi à le lui voler ?

Ma mère m'a regardée d'un œil torve.

La mère – Tu trouves ça normal, toi ?

Je me suis mise à trembler comme une feuille. Ils savaient donc déjà tout !

Je n'aurais jamais le cran de supporter les interrogatoires et les mensonges. D'accord, j'avoue. Oui, c'est nous ! Mais contrairement aux apparences, on ne voulait pas voler leur voiture, on désirait juste l'embouer pour qu'ils comprennent que la place d'un 4x4 n'est pas dans une ville. Et nous ne sommes pas des petits voyous mais des sauveurs de la planète. Plus tard, quand le monde appréciera enfin notre action à sa juste valeur, nous serons traités en héros ! Je n'ai pas à avoir honte de mon geste. Je dois le crier haut et fort !

Justine – Oui, je trouve ça normal !

La mère – Eh bien pas moi ! J'exige que le matin, lorsque tu nous vois, tu nous dises bonjour. C'est le minimum... Je ne te demande pas de te jeter dans nos bras pour nous embrasser mais tu pourrais au moins nous saluer. Nous serions des étrangers, tu ferais plus d'efforts.

Et tandis que ma mère me tournait le dos en signe de protestation, j'ai dégluti avec peine pour ravaler mon discours révolutionnaire. C'était donc ça qu'elle trouvait anormal : mon arrivée dans la cuisine. Ouf !!!

Le père – On devait se voir ce matin pour travailler sur un dossier et du coup il ne vient pas. Il est trop secoué. Ils lui ont sauté dessus à quatre ou cinq.

Quatre ou cinq à lui sauter dessus ? Oh le mytho...

Le père – Mais que font les parents de ces gosses ? C'est impossible de ne pas remarquer son enfant rentrant tard et couvert de boue.

Si la situation n'avait pas été aussi tragique, je crois que j'aurais explosé de rire. Mais là, j'avais le cœur tout mou.

Le père – Il a été très courageux. Il a pris des risques énormes alors qu'il ne s'agissait même pas de sa voiture.

Mais de qui parlait-il ?

Justine – Je peux savoir ce que c'est que cette histoire ?

La mère – Ah enfin ! Tu t'intéresses un peu à ce qui se passe dans cette maison, toi.

Le père – Tu te souviens de Jean-Marc, mon collègue ?

Justine – Non...

Le père – Si, tu as gardé son fils Roméo. Vous aviez fini la soirée dans le jardin à jouer de la musique au petit et sa mère avait fait une crise de nerfs en pensant que vous aviez mis de l'alcool dans son biberon.

Et là, le choc ! Oui, c'est bien ça ! Ce visage au-dessus de la poubelle, éclairé par le réverbère, je savais bien que je le connaissais !!!

Le rouge de la honte a couvert mes joues et si mon père n'avait pas été aussi occupé à me raconter le sauvetage épique du 4x4 par Jean-le-valeureux, il aurait tout compris.

Le père – Imagine-toi qu'hier, Jean-Marc regardait tranquillement un DVD quand il a entendu des cris et une cavalcade dans la rue. Il a tout de suite compris qu'il y avait du grabuge. Ni une ni deux, comme il habite au rez-de-chaussée, il est sorti de chez lui. Quand deux des petits voyous sont passés à son niveau, il leur a sauté dessus et les a plaqués à terre. Mais deux des complices, qui étaient sur des rollers, ont rebroussé chemin et l'ont attaqué par-derrière. Il paraît qu'ils étaient grands et très baraqués, il n'a pas pu se défendre...

Oh le menteur !!! Léa et moi grands, baraqués et sur des rollers !!! Et les poubelles, il n'en parle pas ? Ah oui, ça fait tout de suite moins héroïque... Il mériterait que je rétablisse la vérité !

La mère – Sa femme a dû avoir très peur.

Le père – Oui ! Enfin, elle l'a surtout engueulé parce qu'elle a jugé qu'il était un mari et un père totalement irresponsable, qu'on ne risquait pas sa vie pour une voiture. Et qui en plus n'était pas la sienne. D'ailleurs, depuis ce matin, elle ne lui adresse plus la parole !

La mère – Elle n'a pas tout à fait tort. Il aurait pu se faire tuer.

N'exagérons rien, on n'a jamais vu un être humain terrassé par une poubelle ni même par deux !

La mère – Bon et ce fameux 4x4, ils l'ont volé ou pas ?

Le père – Non, grâce à Jean-Marc ils n'ont pas eu le temps. Son voisin lui doit une fière chandelle. Mais je ne vous ai pas raconté le meilleur : les délinquants ont recouvert de boue le pare-brise et les rétros !

Des délinquants maintenant. On était passés du stade de petits voyous à celui de délinquants. Dans deux minutes, on deviendrait des assassins. Je rêvais !

La mère – Enfin c'est étrange... Pourquoi des jeunes qui veulent voler une voiture la maculeraient de boue avant, au risque de se faire prendre ?

Bravo Mamounette la finaude ! Bonne question !

Le père – Je ne sais pas, c'est peut-être un pari ou un rite.

C'est ça, un rite ! On couvre de boue un 4x4 à la pleine lune, en ayant pris soin auparavant d'égorger un coq noir sur la carrosserie. Il y a des fois où j'aimerais être la fille d'un autre père...

Justine

Lis ce que j'ai trouvé sur le Net : pas mal, non ?
Les propriétaires de 4x4 font grise mine. Plusieurs groupes d'écologistes radicaux ont trouvé un moyen de pression radical : dégonfler les pneus des 4x4. Ces commandos dénoncent ainsi la nuisance des 4x4 dans les villes. Pionnier de cette nouvelle forme de contestation, le groupe parisien "les Dégonflés" a fait des émules dans les grandes agglomérations françaises et à l'étranger. Après les "Pfff" à Paris, les "Raplaplas" à Lyon, les "Mous de la roue" à Lille et plus récemment les "Flagadas" à Bruxelles font parler d'eux...

Aujourd'hui, 20h53 · J'aime · Commenter

Nicolas Stop !!! tu m'effaces ça tout de suite de ton mur !!!

Il y a 1 minute · J'aime

La mère – Non, pas un rite, ça n'a pas de sens, mais peut-être une vengeance... Avec sa grosse voiture, ce type a dû agacer des gens. Ils l'ont couverte de boue pour l'énerver. C'est mieux que de la lui rayer ou de lui crever ses pneus.

Le père – Tu es avocate de la défense, toi maintenant ?

La mère – Non ! Mais je trouve que les 4x4 n'ont rien à faire en ville. C'est très bien pour la campagne, par contre ici c'est ridicule et ça pollue, non ?

Maman chérie, je te demande pardon pour toutes les fois où je t'ai envoyée balader, où je n'ai pas rangé ma chambre, où j'ai pensé que tu étais la mère la plus lourde de la galaxie. Pour une femme de quarante-quatre ans, tu assures vraiment. Je suis fière d'être ta fille. Tu peux, à l'avenir, me demander ce que tu veux...

ERRATUM : n'exagérons rien, je me suis un peu emballée. C'est vrai que j'ai apprécié ta dernière réflexion qui dénote un esprit ouvert, de là à m'exécuter à chaque fois que tu exiges quelque chose, il y a un pas.

Le père – Enfin où va-t-on si chacun se met à faire justice lui-même ? On est en plein western !

Justine – Et tu as fait cette remarque à ton ami Jean-Claude ? Parce que dans le genre héros justicier, il se pose là.

Le père – D'abord, il s'appelle Jean-Marc et ensuite il a accompli son devoir de citoyen.

Justine – C'est drôle ça ! Quand des gens recouvrent de boue le 4x4 d'un crétin qui se croit partout chez lui, ce sont des délinquants, mais quand un père de famille se prend pour Zorro, il fait son devoir de citoyen.

Mon père m'a regardée, horrifié, j'ai cru qu'il allait avoir une attaque.

Le père – Tu entends ce que tu me dis Justine? Tu prends ton père pour un pauvre type sans conscience obéissant à l'ordre aveuglément?

C'est bon, je voulais juste mettre en évidence la petite contradiction de son discours, je ne l'avais pas traité de collabo!

Le père – Est-ce que je dois te rappeler que je sais désobéir à la loi lorsqu'elle me paraît injuste? Est-ce que tu as oublié les raisons de mon conseil de discipline alors que j'étais étudiant en licence?

Non, je ne risquais pas d'oublier dans la mesure où j'avais eu droit à cette histoire une bonne vingtaine de fois.

Le père – Nous étions en pleine période de révisions. Plus question d'aller danser ou de passer son temps au café avec les copains, c'était révisions, révisions, révisions...

Quatre fois le mot révisions dans la même phrase, ce n'était plus de la répétition pédagogique, mais du bourrage de crâne.

Le père – Un mardi matin alors que j'avais le nez dans mes bouquins depuis l'aube, une copine m'appelle. Elle m'apprend que Vincent, un étudiant, a reçu une lettre lui interdisant l'accès aux salles d'examen, parce qu'il s'est permis deux semaines auparavant de se présenter en short au cours.

Oui, je sais. Ce Vincent était un type formidable qui fait maintenant une carrière formidable de créatif dans une agence de communication formidable.

Le père – Bon d'accord, sa tenue n'était pas du meilleur goût, mais comme c'était le dernier cours de l'année, il voulait créer un événement. Je t'ai dit qu'en plus d'être en short, il était venu avec un parasol et une bouée?

Aujourd'hui non, mais les fois précédentes, j'ai déjà eu droit à l'info. Le parasol était bleu turquoise assorti à la tête du canard de la bouée.

Le père – Je me suis dit, Laurent, tu ne peux pas laisser passer un truc pareil. Il faut se mobiliser pour sauver Vincent. D'accord, il mérite qu'on lui remonte les bretelles pour la forme, mais pas qu'on lui fusille son année.

Impossible de couper à la suite : la mobilisation de tous les étudiants, l'arrivée de la délégation menée by my father himself en short dans le bureau du président de l'université, et enfin la chute, immuable : « Et au moment de partir, j'ai regardé le président dans les yeux et je lui ai dit : Sous l'université, la plage ! »

Le père – Alors tu sais ce que j'ai fait au moment de partir ? J'ai regardé le président dans les yeux et je lui ai dit : « Sous l'université, la plage ! » Tu vois Justine, lorsque le lendemain j'ai reçu la lettre de convocation pour passer en conseil de discipline, je n'ai pas eu peur. Je m'étais dressé contre une loi injuste et j'acceptais d'en payer le prix.

Plus je grandissais, plus je la trouvais ridicule son histoire.

– Bonjour la petite famille ! J'ai frappé à la porte mais personne ne m'a entendue, je peux entrer ?

Oh Léa, ma bouée de sauvetage ! Celle que je n'attendais plus pour échapper au passé héroïque de mon père.

La mère – Bien sûr Léa, tu es chez toi ici. Tu as une invitation permanente !

Léa – Vous aviez l'air en grande discussion !

Justine – On a fini.

Le père – Mais je ne sais pas si Léa connaît l'histoire de mon copain Vincent et de son short ?

Justine – Si, si, tu lui as déjà raconté !

Léa – Non, je ne la connais pas.

Impossible ! Elle n'avait pu y échapper toutes ces années ! Léa s'est assise et a écouté mon père attentivement. Si je n'avais pas vu naître sur ses lèvres un sourire un quart de seconde avant la chute, j'aurais juré qu'elle ne la connaissait pas. Elle était prise l'histoire dans le sac !

Léa – Formidable... C'est le genre d'aventure qu'il faudrait écrire pour ne jamais oublier !

Alors là, ça risquait pas !

Justine – Bon, il va falloir qu'on se dépêche, on bosse chez ta copine la fleuriste aujourd'hui.

Le père – Ah oui, c'est vrai.

La mère – Vous serez où ?

Justine – Dans le magasin, son fils tiendra le stand du marché.

La mère – Couvrez-vous, il ne fait pas chaud.

Le père – Mettez un K-way, par les temps qui courent, ça évite les taches de boue si vous croisez un 4x4.

Léa a changé de couleur et m'a regardée comme si j'étais coupable de haute trahison. Elle ne savait pas que mon père faisait un trait d'humour avant de lui raconter la mésaventure de Jean-je-ne-sais-comment. D'ailleurs, je n'ai pas eu le temps de me justifier, il a embrayé :

Le père – Léa, on ne t'a pas dit ce qui est arrivé à mon collègue Jean-Marc ?

Léa – Non...

Le père – Tu te souviens de lui ? Vous aviez gardé son petit Roméo, un soir.

Léa – Ah oui, je me rappelle très bien.

Le père – Figure-toi qu'hier, des voyous ont essayé de voler la voiture de son voisin et qu'il est intervenu pour les en empêcher.

Léa – Ah bon... Mais quel rapport avec la boue et nos K-ways ?

Parfait ma Léa... Avec cet air de sainte nitouche qui fait semblant de ne rien connaître à l'histoire, on te donnerait le bon Dieu sans confession.

Le père – Avant de voler le 4x4, ces jeunes l'ont recouvert de boue.

Léa – Entièrement ?

Le père – Non, juste les vitres et les rétros.

Léa – Et ils comptaient le conduire ensuite dans cet état ?

Belle progression. On dirait une illustration du cours sur la maïeutique selon Socrate. L'élève possède déjà toutes les réponses en lui, il suffit juste de le guider pour qu'il accouche de la vérité.

La mère – Ah tu vois Laurent, je t'ai posé la même question tout à l'heure. Pourquoi ont-ils mis de la boue ?

– Pourquoi t'as tout raconté à papa et maman, Justine ?

Théo se tenait à l'entrée de la cuisine et il semblait très en colère. Non !!! Je n'avais rien avoué aux parents mais lui, avec sa remarque, allait nous dénoncer tous.

La mère – D'abord, on dit bonjour, Théo, quand on est un enfant poli !

Vite, il me fallait trouver un moyen de neutraliser mon frère avant qu'il repose sa question qui tue. Zéro idée... Le vide... À part l'étrangler à mains nues, je ne voyais pas...

Léa – Oh Sophie, tu permets que je descende une minute Théo chez Thibault, il veut lui montrer comment Lulu Cracra a déchiqueté un rouleau de sopalin pour s'en faire un matelas dans sa cabane. Il dort comme un bébé.

La mère – Mais Théo est encore en pyjama et il fait froid.

Léa – Cela ne prendra que vingt secondes. Après le furet va se réveiller et ça ne sera plus aussi mignon.

Théo – Oh oui, maman, je veux y aller !!!

La mère – Très bien mais tu mets ton manteau sur ton pyjama et vous remontez tout de suite. Et ne le touche pas, il pourrait te mordre. On ne sait même pas s'il est vacciné.

Cette fille est un génie. Elle vient de faire taire mon frère sans aucune violence. Je ne sais pas où elle trouve toutes ces idées mais elle a une carrière d'écrivain devant elle.

Léa – Justine, tu files prendre ta douche, on part bientôt !

Justine – Ouais, je me grouille.

Trop contente d'échapper à un drame familial, je suis sortie de la cuisine plus vite que mon ombre. Alors que j'essayais vainement de faire couler une douche à peu près chaude, je me suis dit que mon petit frère était une bombe à retardement. À un moment ou à un autre de la journée, de la semaine, du mois, il allait gaffer ! Nous n'allions plus jamais être tranquilles...

C'est pas de pot !

Lorsque je suis sortie de ma douche un quart d'heure plus tard, Théo n'était pas remonté. Ma mère, qui lui avait fait chauffer son lait, commençait à trouver le temps long.

La mère – Léa avait promis que ça durerait une minute mais ils ne sont toujours pas là.

Justine – Tu connais Théo, il ne doit pas vouloir lâcher Lulu Cracra.

Je ne croyais pas un instant à ce que je disais car j'étais certaine que Léa, installée dans les escaliers, faisait la leçon à mon petit frère.

Justine – Je descends retrouver Léa et je te remonte Théo illico.

La mère – D'accord.

J'ai pris mon sac et mon manteau et je suis sortie. Contrairement à ce que je pensais, Léa n'était pas assise sur les marches. Peut-être était-elle dans le jardin ? Non, elle n'aurait pas couru le risque que ma mère les voie de la fenêtre de ma chambre.

Alors où étaient-ils ?

Je les ai trouvés chez Thibault, tous les trois en pleine conversation. Théo, assis entre les deux grands, les regardait alternativement d'un air grave. Dès que mon prince m'a aperçue derrière la vitre, il est venu m'ouvrir avec un large sourire.

Qu'est-ce qu'il était beau avec ce treillis beige et ce tee-shirt blanc ! Si je n'étais pas déjà folle de lui, je tomberais amoureuse à la seconde.

Thibault – Bonjour Justine !

Justine – Salut !

Il m'a collée contre lui d'une main experte, une main légère qui vous guide sans rien vous imposer, et il m'a embrassée. La température de mon corps s'est élevée d'un seul coup de dix degrés. Oui, j'ai frôlé les 47,5... Que celle qui ne s'est jamais consumée sous les baisers de son homme me jette le premier thermomètre.

Justine – Alors ?

Léa – On est en train d'expliquer à Théo la situation.

Et prenant un ton très pédagogique à destination de mon petit frère, Léa a dit :

Léa – Parce que si jamais Théo racontait tout ce qu'il sait, cela pourrait être très grave... Peut-être même irions-nous tous en prison !

J'en ai profité pour ajouter :

Justine – Oui et comme je suis mineure, les parents aussi iraient en prison. Pauvre Théo ! Sans son papa, ni sa maman, ni sa grande sœur... Il sera placé dans un foyer pour orphelins où il n'y aura ni Nesquick ni Chocopops. Le matin, il sera obligé de boire du lait chaud avec la peau dessus, parce que maman et sa passoire magique ne seront plus là pour lui...

Léa – Et le dortoir, tu l'as prévenu pour le dortoir ?

Théo, qui se gratte la tête tel un bébé chimpanzé dès qu'il stresse, a dégluti avec peine et a soufflé d'une voix étranglée :

Théo – Pourquoi, il se passe quoi dans le dortoir ?

Je l'ai regardé d'un air faussement ennuyé.

Justine – Est-ce que je dois vraiment tout te raconter ? Ne vaut-il pas mieux te laisser ignorer ce monde impitoyable ? Un monde dans lequel les petits enfants...

Je n'ai pas eu le temps de finir ma phrase, Léa s'est penchée vers moi et m'a chuchoté à l'oreille :

Léa – Mets la pédale douce. Je crois qu'on en a trop fait, il est tout blanc.

Justine – Dans lequel les petits enfants... et les petits oiseaux...

C'est fou comme je n'ai pas le sens de l'improvisation. Coupée dans mon élan par Léa, je n'ai pas su finir intelligemment ma phrase. Théo a repris, totalement affolé :

Théo – Dans lequel les petits enfants et les petits oiseaux, il leur arrive quoi ???

Oh mince, je ne suis pas en L, moi ! Je me casse déjà la tête au lycée à résoudre des équations du quatre-vingt-quinzième degré, on ne va pas me demander en plus de réécrire *Sans famille*. Je ne m'appelle pas Hector ! Notre future romancière s'est chargée de l'affaire.

Léa – Dans lequel les petits enfants vivent seuls et regrettent infiniment leur jolie maison et leur grande sœur chérie.

Théo – Parce qu'ils ont tous une grande sœur ? C'est étrange ça...

Et voilà, on essaie par amour de ne pas trop impressionner cet enfant (alors que notre avenir dépend de son silence) et il nous refait le coup de l'interrogatoire du KGB. Moi, c'est la dernière fois que je fais des efforts...

Léa – Non, j'ai dit grande sœur parce que je suis une fille, mais parfois ils ont un grand frère.

Théo – Est-ce que tu n'aurais pas dit « grande sœur » pour que je comprenne plus vite la situation ?

Léa s'est de nouveau penchée vers moi.

Léa – Cet enfant est possédé, ce n'est pas lui qui vient de parler. C'est Sigmund Freud en personne. Il va falloir penser à une séance d'exorcisme.

Justine – Tu crois ???

Léa – Non... Mais je n'arrive pas à admettre qu'il soit aussi perspicace à son âge. Il y a forcément une explication surnaturelle !

Justine – Je te rappelle qu'il est surdoué.

Léa – Oui mais quand même, il n'a que six ans et demi !

Thibault qui nous avait laissées faire depuis le début a pris mon petit frère dans ses bras.

Thibault – Ne t'inquiète pas... Tu as assuré comme un grand, hier soir. Tu as surveillé tes parents, tu as appelé Justine pour lui faire ton rapport. Je ne vois pas pourquoi tu irais tout raconter maintenant.

Théo – Oui mais si je prononce un mot sans m'en rendre compte et que papa et maman comprennent ?

Thibault – Tu n'auras qu'à vite dire que c'était pour rigoler. Du moment qu'il n'y a aucune preuve comme un enregistrement, une photo ou un témoignage écrit, personne ne peut rien contre nous.

Oh non !!! Là ce n'était pas une goutte de sueur que je sentais ruisseler le long de mon dos, c'étaient carrément les chutes du Niagara qui imbibaient mon tee-shirt ! J'ai hurlé :

Justine – Théo, où est ton carnet rouge ?

Théo – Sous mon oreiller.

Justine – Est-ce que tu as écrit des choses sur hier soir ?

Théo – Oui, j'ai fait un compte rendu minute par minute, comme Tobie.

Justine – Mais on s'en fout de Tobie, c'est pas une vraie personne. File immédiatement à la maison... Maman doit être en train de faire ton lit et elle risque de trouver ton carnet.

Théo est parti plus vite que l'éclair en criant :

Théo – N'ayez crainte, Théo connaît la feinte !

Justine – C'est ça...

Léa a attendu qu'il soit dans le jardin pour me demander :

Léa – C'est quoi cette histoire de carnet rouge ?

Justine – Théo adore une BD dans laquelle un dénommé Tobie enquête. Le héros est en CE1. Il espionne sa famille et il inscrit tout dans un carnet. Malheureusement pour nous, Théo a décidé d'agir de la même façon et il a consigné notre expédition citoyenne dans son fameux carnet rouge.

Thibault – Tu crois qu'à son âge, il décrit les choses de manière précise ? Il a dû mettre deux ou trois mots pleins de fautes d'orthographe, ta mère ne va pas comprendre.

Léa – Thibault a raison, tu t'affoles pour rien.

Justine – Ah oui, vous croyez ? Alors sache Léa, que la dernière fois que j'ai lu la prose de mon petit frère adoré, j'y ai appris que tu avais embrassé Adam à pleine bouche, que ça t'avait dégoûtée à cause de ton amour pour Peter et que moi-même, j'avais volé un râteau à Thibault.

Thibault – Tu m'as volé un râteau ?

Justine – Ah non, Théo a corrigé : tu m'as roulé une pelle !

Après un quart de seconde de stupeur, Léa et Thibault ont éclaté de rire.

Justine – Il espionne aussi les parents !

Thibault – On t'écoute.

Justine – Vous vous souvenez qu'ils sont partis à la campagne le week-end dernier ?

Thibault – Comment pourrais-je oublier cette date ?

Pourquoi il ne pourrait pas l'oublier ? Ah oui... Je comprends. Oh Thibault, mon prince de la délicatesse, tu es encore hanté par notre première nuit d'amour... Enfin disons notre première nuit ET notre amour. Car nous n'avons toujours pas réussi à conjuguer les deux.

Léa – Bon, et alors, qu'est-ce qu'il a noté, Sherlock, ce fameux week-end ?

Justine – Il a découvert que maman critiquait ses amis derrière leur dos. Et il a surpris les parents en train de batifoler dimanche matin alors qu'il était censé dormir !

Léa – Oh !!!

Justine – Tout ça rédigé dans un français impeccable.

Léa – Alors on est mal s'il n'intercepte pas le carnet avant que...

Léa a été interrompue par la sonnerie de mon portable.

Justine – Allô ?

– Miel pops, ici Mister freeze...

J'ai fait signe à mes amis que c'était mon petit frère.

Justine – Je joue plus, Théo, tu as ton carnet ou pas ?

Théo – Oui... M n'avait pas encore fait mon lit mais elle ne comprenait pas pourquoi j'étais resté si longtemps chez T. J'ai utilisé l'idée de L à propos de LLCC.

Théo commençait franchement à m'agacer avec ses initiales.

Justine – C'est qui LLCC ?

Théo – Je ne peux donner aucun nom, on pourrait être sur écoute.

Et il a raccroché. J'ai demandé à Léa et Thibault :

Justine – C'est qui LLCC ?

Léa – LLCC ?

Justine – Théo n'utilise que des initiales pour parler des gens : M c'est maman, T Thibault, L Léa... Alors qui est LLCC ?

Thibault – Ce ne seraient pas deux consonnes répétées du prénom de Nicolas ?

Justine – C'est un peu compliqué mais pourquoi pas...

Léa – Qu'est-ce qu'il t'a dit exactement ?

Justine – « J'ai utilisé l'idée de L à propos de LLCC. »

Ma meilleure amie a réfléchi un moment puis elle a dit en souriant comme si elle venait de résoudre l'énigme du sphinx :

Léa – LLCC c'est Lulu Cracra et l'idée de L c'est quand j'ai dit à ta mère qu'on descendait chez Thibault pour voir le furet dans sa cabane. J'avais expliqué à Théo que c'était un petit mensonge pour lui parler seule à seul et il a beaucoup apprécié.

Justine – Eh bien ça devient difficile de comprendre mon surdoué de frère ! Bon, qu'est-ce qu'on fait avec lui ? Vous croyez qu'il saura tenir sa langue ?

Thibault – De toute façon, on n'a pas le choix.

Léa – D'autant plus qu'il est dix heures moins cinq et que la Thénardière nous attend à dix heures pile.

Le minimum légal à savoir sur Les Misérables si on tombe dessus au bac.

Ça a été écrit par un prof, ça ne peut pas être faux.

Jean Valjean est condamné au bagne en 1796 pour le vol d'un pain, jugement d'une société inique qui écrase la population.

Fantine, ouvrière souffrant de la disette, séduite par l'étudiant Tholomyès. Elle doit confier son enfant, Cosette, aux Thénardier.

Cosette, fille de Fantine, est laissée en nourrice chez les Thénardier qui la maltraitent.

Les Thénardier, couple de cabaretiers sans scrupules qui exploitent Cosette.

Gavroche, gamin de Paris jeté sur les pavés comme beaucoup d'autres enfants. Sans famille, sans affection ni toit, il est heureux car il est libre.

Marius, étudiant amoureux de Cosette.

Le policier Javert persécute le pauvre Jean Valjean tout au long de l'œuvre.

Thibault – C'est qui celle-là ?

Justine – La fleuriste près de l'église. Avec Léa, on va vendre des pots de chrysanthèmes.

Thibault – Après les hamburgers, les chrysanthèmes, vous êtes vraiment polyvalentes ! Et vous allez faire ce job pendant toutes les vacances ?

Léa – Non, juste aujourd'hui.

Thibault – Alors je n'ai pas le temps de vous préparer un p'tit déj ?

Justine – Une autre fois ?

J'ai prononcé ces derniers mots avec ma voix de fille qui sévit à la télé, certaine de faire succomber n'importe quel homme à n'importe quel moment. Si je ne m'étais pas pris les pieds dans le porte-revues, cela aurait pu avoir un certain effet, mais... Il a fallu que je m'étale !!! Léa m'a sauvé la mise en me rattrapant fermement par le bras comme si de rien n'était.

Léa – Allez, on y va !

Thibault – Travaillez bien, les filles.

J'ai jeté un regard énamouré à mon prince pour qu'il comprenne tout le désir que j'avais pour lui, il m'a souri. Aïe aïe aïe, que calor !!!

Je suis sûre qu'à ce moment précis si on m'avait branché un lave-vaisselle, une machine à laver et un frigo dans les oreilles, j'aurais tout alimenté !

À peine étions-nous dans le jardin que j'ai reçu un avion en papier sur la tête. J'ai levé les yeux vers la maison bleue, les fenêtres de ma chambre se sont refermées précipitamment. Théo... Encore Théo... Toujours Théo...

J'ai lu ce qu'il y avait écrit sur les ailes de l'engin : « P et M ne se doutent de rien, tout est OK... Je m'arrange pour leur donner des fausses pistes. »

J'ai passé le papier à Léa.

Léa – Il ne nous reste plus qu'à prier... et à courir ! On est vraiment en retard maintenant.

La Thénardière était à l'entrée de son magasin lorsque nous sommes arrivées.

Qu'est-ce qu'elle était moche !

Plantée sur des jambes solides et horriblement poilues, elle ne mesurait pas plus d'un mètre cinquante. Sa poitrine, comprimée dans un énorme soutien-gorge qu'on devinait sous son éternel chemisier rose, cent pour cent polyamide, reposait sur son ventre rebondi. Mais c'était, de loin, son visage qui était le plus disgracieux : de méchants yeux noirs, un grand nez et de très petites dents qui semblaient appartenir à une bouche d'enfant. Pas de quoi vous inviter à se jeter dans ses bras !

L'accueil qu'elle nous a réservé a été à la hauteur de sa réputation. Avec un grognement d'ours, elle a désigné deux tabliers verts accrochés à un vieux clou.

La Thénardière – Vous avez vu l'heure ? Vous enfilez ça et vous allez dehors, là où j'ai installé la table avec les tréteaux.

Avec Léa, on s'est exécutées sans broncher.

Une vieille dame attendait devant l'étalage et on n'a pas eu le temps de lui sourire pour lui dire bonjour qu'on s'est fait vertement tancer.

La mémé – Eh bien, c'est pas trop tôt...

Dans un grand élan d'amour, Léa a tenté un rapprochement intergénérationnel :

Léa – Désolée pour ce petit retard, on va s'occuper exclusivement de vous maintenant.

Parfois, j'aimerais avoir le charme et la douceur de Léa. Je ne dis pas ça parce qu'elle est ma meilleure amie, mais elle est vraiment irrésistible.

La mémé – Il manquerait plus que vous serviez quelqu'un d'autre alors que j'attends depuis dix minutes !

Léa – Bien, qu'est-ce qui vous ferait plaisir ?

La mémé – À votre avis ?

Léa – Je ne sais pas...

La mémé – Qu'est-ce qu'on vient chercher chez le fleuriste un 1er novembre ?

Léa – Des chrysanthèmes ?

La mémé – Eh bien vous voyez que vous êtes moins stupide que vous n'en avez l'air !

Léa a respiré un grand coup et a proposé à sa chère cliente plusieurs coloris de fleurs.

La mémé – Vous me mettrez les parme, elles iront très bien avec le marbre de la tombe de Lucien.

Léa – Bien madame.

Et alors que ma meilleure amie emballait avec précaution le pot dans du papier transparent, la vieille s'est mise à hurler.

La mémé – Mais attention malheureuse, vous abîmez les fleurs !

Léa – Oh désolée...

Et se retournant dans ma direction, Léa a chuchoté avec la voix de Terminator :

Léa – Si elle continue à me pourrir la vie, il va y avoir une tombe de plus à fleurir.

Je n'ai pas pu réprimer un fou rire.

Pauvre Léa, elle n'était pas au bout de ses peines avec la vieille acariâtre. L'autre a continué à la harceler à propos d'une agrafe mal fermée et de la couleur du bolduc qui jurait avec celle des fleurs. Ma meilleure amie est restée stoïque. Alors que j'observais, admirative, cette merveilleuse maîtrise de soi, la Thénardière m'a poussée dans le dos.

La Thénardière – Et pour madame de Saint-Denis, qu'est-ce que ce sera ?

Une femme d'une cinquantaine d'années, aussi raide qu'un parapluie, se tenait le sourcil haut face à moi. Je ne l'avais même pas vue.

Madame parapluie – Comme d'habitude madame Guédélon, un beau chrysanthème blanc pour maman.

Et s'adressant à moi, comme si j'étais franchement intéressée par la question :

Madame parapluie – Je n'en prends pas pour papa. Il est enterré à Chavignol, il voulait rester sur ses terres.

Chavignol, Chavignol, ça me dit quelque chose...

Madame parapluie – Ma sœur Maryse habite là-bas. Elle a repris le domaine avec son mari. C'est elle qui va tous les ans fleurir la tombe de papa. Moi maman et elle papa, on se partage la famille !

Chavignol, je sais que c'est un truc qui se mange, mais quoi ?

Justine – Yes !!! Chavignol, c'est les petits crottins de chèvre.

C'est fou comme dans la vie, on est rarement récompensé pour ses bonnes actions. J'aurais pu ne pas écouter la généalogie funéraire de Mme Parapluie, mais non, j'avais fait un effort. J'avais cherché des infos sur Chavignol et qu'est-ce que je recevais en contrepartie ?

La Thénardière – Justine, allez me récupérer le bolduc rose derrière la caisse et si vous avez vraiment envie de vendre du fromage, trouvez-vous un travail dans une crémerie.

Lorsque je suis revenue (un peu tard il est vrai, mais le bolduc avait disparu), je me suis fait recevoir comme un chien dans un jeu de filles (comme dirait qui vous savez).

La Thénardière – Vous croyez que je vous paye à faire quoi ? À aller vous promener ? Tenez, emballez-moi ce pot-là pour monsieur.

Et elle est partie en maugréant. Mon nouveau client, un petit homme brun tout sec et sans âge, m'a souri d'un air compatissant.

Le petit homme brun – Elle a pas l'air commode la patronne !

Justine – C'est le moins qu'on puisse dire.

Le petit homme brun – Mais vous savez qu'elle ne peut pas vous traiter n'importe comment ?

Justine – Bien sûr...

Le petit homme brun – Dans ce pays, les employés ont des droits.

Justine – Oui... Tenez ça fera douze euros.

Le petit homme brun – Les patrons possèdent peut-être les outils du capital mais nous ne sommes pas des machines. Ils ne peuvent pas faire de nous ce qu'ils veulent.

Justine – C'est juste !

Le petit homme brun – Vous partagez mon point de vue ?

Euh... Comment lui dire sans le blesser qu'il y avait trois clients derrière lui et que je n'avais pas vraiment le temps de disserter sur les idées de Marx ?

Justine – Vous avez raison mais...

Le petit homme brun – Vous avez déjà pensé à adhérer à un parti politique qui défend vraiment les intérêts des travailleurs et des travailleuses ?

Léa est intervenue :

Léa – Notre patronne vous observe et ma collègue risque de perdre son emploi si elle reste à discuter avec vous. Auriez-vous un tract avec le numéro de téléphone de votre parti pour qu'on vienne se renseigner cette semaine ?

Le petit homme brun a jeté un coup d'œil rapide en direction de la Thénardière et a glissé un papier sous son billet de vingt euros.

Le petit homme brun – N'hésitez pas à passer à l'adresse indiquée, j'assure une permanence le mardi et le vendredi.

Et il a disparu comme par enchantement après avoir récupéré sa monnaie. Trop forte cette Léa !!!

Justine – Je crois que je vais craquer.

Léa – Mais non, souviens-toi d'hier soir, on est des combattantes.

– Je crois que c'est mon tour...

J'ai levé les yeux et une tête joviale qui semblait posée sur les tréteaux m'a souri. Je me suis décalée et j'ai vu qu'au bout de cette tête, il y avait un corps sur un fauteuil roulant.

Justine – Bonjour ! Désolée, j'étais perdue dans mes pensées...

La dame au sourire – Eh bien, elles ne devaient pas être gaies ces pensées, vous aviez l'air ennuyée.

Justine – Oui, c'est vrai.

La dame au sourire – Comment une jolie fille comme vous, avec toute cette promesse de bonheur dans les yeux, peut-elle être triste ? Si j'en avais le pouvoir, je vous l'interdirais !

Justine – Et moi, si je pouvais, je vous embrasserais... Vous êtes la première personne ce matin qui se souvient que je suis un être humain.

La dame au sourire – Le monde est aveugle et les plus handicapés ne sont pas ceux qu'on croit. Allez, donnez-moi vite ce magnifique chrysanthème jaune et ce blanc aussi !

Au moment où je lui rendais sa monnaie, elle m'a attrapé la main et elle m'a chuchoté :

La dame au sourire – La vie est très belle, jeune fille. C'est un vrai cadeau du ciel !!! Profitez-en.

J'ai mis les pots dans son panier et, si je ne m'étais pas retenue, je l'aurais serrée dans mes bras. C'est drôle, je savais que les anges gardiens avaient des ailes, je ne pensais pas qu'ils pouvaient avoir des roues...

Le reste de la matinée est passé comme un éclair. J'avais pris tous les tics de la bonne vendeuse : le sourire mécanique, l'emballage ultra rapide des chrysanthèmes et le petit mouvement de tête qui fait croire aux clients qu'on les écoute lorsqu'ils vous racontent leur vie. Il faut dire qu'entre le Mac Do et les fleurs, je commençais à avoir une super expérience...

À treize heures, la Thénardière, l'air revêche, nous a proposé d'aller déjeuner, avec toute la compassion, l'amour et la délicatesse qui la caractérisaient depuis le matin.

La Thénardière – Il est treize heures, dans trois quarts d'heure ici c'est clair ?

Léa – Plutôt.

Et se penchant vers moi, Léa a ajouté discrètement :

Léa – « Il est treize heures, dans trois quarts d'heure au pied couché » aurait été plus clair.

La Thénardière – Vous avez des commentaires à faire ?

Léa – Doit-on manger quelque chose de particulier ou peut-on choisir notre sandwich à la boulangerie ?

Ma meilleure amie avait parlé avec un air très sérieux où l'on ne pouvait déceler aucune trace d'ironie. Aussi la Thénardière n'a pas compris que Léa se fichait d'elle et elle a pris cela pour une preuve d'imbécillité. Elle a répondu avec un mépris affiché :

La Thénardière – À votre âge, vous pouvez choisir toute seule, je crois.

Léa – Formidable !!! Je vais prendre un crudités-thon, c'est bien non ?

Si je ne connaissais pas Léa depuis des lustres, j'aurais pu croire qu'elle était vraiment débile. Pour une fois, j'ai admis l'idée que son Peter était un bon prof de théâtre.

Alors qu'assises sur un banc, nous dévorions nos jambon-beurre, nous avons épinglé tous les clients de la matinée : la vieille acariâtre, la noble et son domaine en fromage, le militant, la snob avec son imper Burberry, sa barrette Hello Kitty et ses trois fils raie sur le côté, la bobo qui avait râlé trois heures sur cette société de consommation qui nous oblige à une mascarade dont les morts se moquent...

Justine – Ça ne donne pas envie de devenir adulte tout cela.

Léa – Non, c'est sûr !

Justine – Tu veux mon brownie ? J'ai plus faim !

Léa ne m'a pas répondu. Je n'ai pas tout de suite réalisé qu'il y avait un problème car je bataillais avec ma fermeture éclair pour fermer mon manteau.

C'est quand je l'ai regardée en lui reposant la question que j'ai remarqué l'extrême pâleur de ma meilleure amie.

Justine – Ça ne va pas Léa ?

Muette, elle avait les yeux comme aimantés par ce qu'elle apercevait. J'ai tourné la tête pour voir ce qui la mettait dans cet état.

Ben quoi, un homme accompagné de deux femmes qui plaisante et marche d'un air décontracté, il n'y a pas de quoi s'affoler ?

J'ai plissé les yeux afin de deviner ce que ce type avait de spécial pour scotcher à ce point ma meilleure amie. Et là, le choc...

Peter.

Peter en chair et en os.

Peter en chair et en os se promenant avec deux femmes.

Peter en chair et en os se promenant avec deux femmes sous le regard de Léa.

Peter en chair et en os se promenant avec deux femmes sous le regard de Léa et ne remarquant pas sa présence.

Une scène à l'image de leur relation : lui vivant sa vie et elle momifiée.

Si, à ce moment précis, j'avais eu le pouvoir de faire disparaître de la terre cet individu, je l'aurais fait sans aucune culpabilité.

J'ai posé ma main sur celle de Léa. Elle était glacée. Peter a enfin disparu de notre champ de vision.

Il a fallu quelques minutes pour que Léa reprenne ses esprits. Ses premiers mots ont été pour lui :

Léa – Tu crois que c'est sa femme ?

Oh ma Léa, ne compte pas sur moi pour te donner le coup de grâce. Il est à peu près certain que ce sale type a quelqu'un dans sa vie mais je préfère te mentir que te meurtrir avec des suppositions.

Justine – Il a un harem alors parce qu'elles étaient deux...

Léa – Je te parle de la brune qui se tenait près de lui.

Justine – Il n'était pas plus proche d'elle que de l'autre. Non, ce sont sûrement deux bonnes copines.

Léa – Tu crois ?

Non, je ne crois pas mais si ça peut te redonner quelques couleurs, je ferai semblant. Tu es « blanche comme le reflet d'une rose blanche dans un miroir d'argent [1] ».

1. *Salomé*, Oscar Wilde.

Justine – Oui, j'en suis sûre. Allez, on y retourne, la Thénardière nous attend.

Léa – Si tu sentais que c'est sa femme, tu me le dirais ?

Justine – Bien sûr ! Tu me connais. Tu sais comme je déteste Peter, je ne raterais jamais une si belle occasion de le prendre en défaut.

On a fait quelques pas. Léa a mis son bras sous le mien.

Léa – Je ne sais pas si Peter a le moindre sentiment pour moi, par contre ce dont je suis sûre c'est que toi, tu m'aimes.

Justine – Ah bon, pourquoi ?

Léa – Parce que tu mens vraiment mal mais avec beaucoup de conviction. Ne t'inquiète pas, je vais m'en remettre... À ton avis qui va être notre premier client de l'après-midi ?

Comme d'hab, Léa a escamoté son chagrin avec pudeur et je n'ai trouvé aucun mot pour apaiser sa détresse.

Un couple nous attendait devant nos tréteaux. Elle et lui n'arrivaient pas à se décider sur la couleur des chrysanthèmes.

Le mari – Prends-lui le jaune, rappelle-toi, le jouet avec lequel il dormait était de cette couleur.

La femme – Tu crois ? Mais le blanc avec les reflets irisés me fait tellement penser à sa petite couverture.

J'ai observé Léa, elle était bouleversée. Il ne lui manquait plus que ça. Comme si sa rencontre avec Peter tout à l'heure n'était pas suffisante.

Léa – Les pauvres... Déjà perdre un parent, c'est horrible alors perdre un enfant... Regarde si la Thénardière nous surveille, je vais les leur donner, moi, les fleurs.

Puis s'adressant au couple endeuillé :

Léa – Et si vous preniez les deux ? C'est la maison qui offre.

Le mari – Vraiment ? Mais pourquoi ?

Léa – Parce que j'y tiens, parce que la vie sourit parfois...

On n'a pas eu besoin de le leur répéter deux fois, la femme s'est précipitée sur les plus gros pots et elle a dit :

La femme – C'est Gluck qui va être content, là où il est...

Gluck ? Quel vilain prénom pour un enfant...

La femme – Vous savez, on a beaucoup souffert quand il est mort.

Léa – Je n'ose pas imaginer...

La femme – C'est encore dur pour nous maintenant.

Léa – Oui.

La femme – Jamais nous ne retrouverons un caniche aussi affectueux.

Léa a laissé échapper un cri.

La femme – Vous comprenez le chagrin des autres, vous, mademoiselle ! Vous êtes quelqu'un de bien. Merci pour Gluck, je lui dirai que c'est de votre part.

Et comme la Thénardière nous avait rejoints, elle a ajouté :

La femme – La jeune fille nous a offert les chrysanthèmes pour notre chien, elle nous a dit que c'était un cadeau de la maison. Alors merci à vous aussi.

Et M. et Mme Gluck sont partis, leurs pots sous le bras. La Thénardière a mitraillé Léa du regard :

La Thénardière – C'est une plaisanterie, j'espère ?

Léa – Ne vous inquiétez pas, je vais vous régler ce que je vous dois.

La Thénardière – Vous ne seriez pas de mèche avec ce couple ?

Léa – Je ne suis pas une voleuse. Voilà vos vingt-quatre euros, nous sommes quittes.

Léa a dit cela avec tellement de fermeté dans la voix que la vieille pie n'y est pas revenue. Elle a empoché ses vingt-quatre euros et elle est repartie à la caisse, non sans nous avoir jeté un horrible regard plein de suspicion.

Léa – Vingt-quatre euros pour un vieux caniche tout pourri ! Mais qu'est-ce que je suis nulle ! C'est la dernière fois que j'ai de la compassion pour un client aujourd'hui.

Je n'ai pas pu m'empêcher d'exploser de rire. Sur les quarante euros qu'on allait gagner chacune, Léa en avait déjà perdu plus de la moitié !!!

Justine – Pour une fois que c'est toi qui es nulle, je t'assure que c'est rassurant... Ça te rend moins sorcière.

L'après-midi a été aussi agitée que la matinée et il nous a fallu sourire et encore sourire.

Nous commencions sérieusement à fatiguer lorsqu'un adorable papy est arrivé.

L'adorable papy – Bonjour les beautés.

Justine – Bonjour...

L'adorable papy – Mais que faites-vous ici à vendre des fleurs au lieu de vous amuser ?

Justine – On travaille pour gagner de l'argent de poche.

L'adorable papy – Bravo ! Vos pères doivent être fiers de vous...

Léa a baissé les yeux. Trop tard... J'ai vu qu'ils étaient embués. Ce n'était vraiment pas sa journée !

L'adorable papy – Vous seriez d'accord pour me choisir deux jolis pots ?

Léa – Avec plaisir.

L'adorable papy – Deux couleurs différentes.

Léa – Le jaune moutarde, là, il vous plaît ?

L'adorable papy – Oui, c'est bien pour mon fils.

La promesse de Léa de ne plus jamais avoir de compassion pour un seul client a fondu comme son rimmel sous les larmes.

Léa – Et ce blanc ?

L'adorable papy – Ma femme va apprécier. Vous êtes une perle, jeune fille !!! J'espère que vous avez trouvé le fiancé que vous méritez !

Léa – Je ne crois pas.

L'adorable papy – N'hésitez pas à changer ! Il n'y a pas de mal à essayer avant de trouver chaussure à son pied.

Léa a emballé les pots avec le soin dont elle est capable quand elle aime les gens.

Léa – Vous allez directement au cimetière ?

L'adorable papy – Non, c'est trop loin pour moi. Ils sont enterrés au cimetière du Valjoli... Ça fait deux ans que je ne peux plus m'y rendre à cause de mon cœur.

Léa – Et qu'est-ce que vous allez faire des fleurs ?

L'adorable papy – Je vais les mettre sur mon balcon en pensant à eux. Ils sont partis presque en même temps. Ma femme ne voulait pas laisser le fiston seul là-haut. Il faut dire que déjà en bas, il en avait fait des bêtises le Paul. C'était un gentil garçon mais influençable. Il avait de mauvaises fréquentations. Ça a fini par le tuer, cette saleté de drogue. Bon, je vous embête avec mes histoires tristes, ça fait combien ?

Léa – Vingt-quatre euros.

– Qu'est-ce qui se passe ? Monsieur ne veut pas payer ?

Je me suis retournée. La Thénardière, les mains sur les hanches, regardait d'un air mauvais notre papy bien-aimé.

Léa – Si ! Mais on s'assure juste qu'il peut soulever ses deux gros pots tout seul.

La Thénardière – Ce n'est pas votre problème !

Léa ne s'est pas donné la peine de lui répondre et, se retournant vers le papy :

Léa – C'est lourd, vous savez. Vous ne voulez pas qu'on vous aide ? On pourrait les porter jusqu'à chez vous ?

La Thénardière – Certainement pas ! Vous travaillez ici jusqu'à dix-neuf heures et si monsieur veut être livré, ce sera fait demain avec un supplément de dix euros.

Le portable de Léa a sonné à ce moment. Elle a hésité un instant puis a décroché :

Léa – Oui Jim... ça va... Oui... tous les trois ?... Quand ?... D'accord... Salut !

La Thénardière – Et vous m'éteignez ce téléphone, ce n'est pas un standard ici.

Léa a repris les sacs dans lesquels elle avait placé les pots et elle a demandé gentiment au vieux monsieur :

Léa – Alors comment on fait pour ces chrysanthèmes ?

La Thénardière – Vous ne m'avez pas entendue ? Il n'y a pas de livraison le jour de la Toussaint. C'est dix euros si monsieur accepte de les avoir demain.

Léa – Monsieur n'accepte pas... Monsieur a une femme et un fils à qui il a envie de rendre hommage aujourd'hui.

L'adorable papy – Arrêtez, je ne veux pas que vous vous disputiez à cause de moi. Donnez-moi ces sacs, je vais me débrouiller tout seul. Allez, au revoir mes enfants...

Et tandis qu'il s'éloignait, déséquilibré par le poids des pots, une petite auto rouge a klaxonné avec insistance devant nous.

C'était Jim.

Justine – Qu'est-ce qu'il fait là ?

Léa – Il est venu nous dire bonjour avec Thibault et Nicolas. C'est pour ça qu'il m'a appelée tout à l'heure.

Justine – Ce n'est vraiment pas le moment...

Léa – Non mais je n'ai pas pu le lui expliquer ! À moins que...

Léa a eu son sourire de sorcière comblée :

Léa – Tu vois à quoi je pense ?

Léa n'a pas eu besoin de m'expliquer quelle idée diabolique venait de germer dans son esprit. Elle était évidente. Grâce à la voiture de Jim, on pouvait accompagner le vieux monsieur au cimetière et ainsi sa petite famille céleste serait fleurie ce soir. Je dois avouer que cette idée ne m'a pas séduite tout de suite. C'est peut-être mesquin mais j'avais du mal à renoncer à mes gains pour cette journée presque complète de travail.

Je lui ai demandé :

Justine – Tu as conscience que si on part maintenant, on oublie nos quarante euros de salaire ?

Léa – Oui.

Justine – Et aussi que tu as donné à cette peste de Thénardière vingt-quatre euros de ta poche ?

Léa – Oui !

Justine – Tu es d'accord pour tout perdre ?

Léa – Oui. Et toi ?

Moi, comme toi sorcière ! Ton enthousiasme est plus contagieux qu'une épidémie de varicelle en première année de maternelle.

Justine – Tout pareil...

Léa – Alors, on y va !

Dans un même élan, nous avons ôté nos tabliers, pris nos manteaux et couru pour rattraper notre grand-père bien-aimé.

La Thénardière, qui n'imaginait pas une seconde nous voir nous échapper de son magasin, a couru derrière nous.

La Thénardière – Je vous interdis de partir !

Léa – Tu ne peux rien nous interdire, la Thénardière, nous sommes des femmes libres... Jean Valjean est de retour !

Justine – C'est qui Jean Valjean ?

Léa – Celui qui libère Cosette et l'adopte.

Justine – Et qui lui achète la belle poupée ?

Léa – Ouais.

Je me suis retournée et j'ai hurlé à mon tour :

Justine – Jean Valjean est de retour !!! Nous sommes des femmes liiiiiiibres !!!

Après avoir rattrapé notre papy au vol, nous avons réussi à le convaincre de monter dans la voiture de Jim.

L'adorable papy – Mais où vous voulez m'emmener comme ça ?

Léa

Vu ce que les chrysanthèmes rapportent, elle aurait pu nous filer notre fric, l'horrible Thénardière !

Il se vend chaque année 23,5 millions de chrysanthèmes en France dont 22 millions uniquement à la Toussaint pour fleurir les tombes. Un marché de plus de 170 millions d'euros.

Aujourd'hui, 18h10 · J'aime · Commenter

Justine J'y crois pas !!!!

Aujourd'hui, 18h11 · J'aime

Léa – Vous verrez bien... En attendant, je fais les présentations : le conducteur c'est Jim, lui derrière c'est Nicolas, et le garçon bien élevé qui vous a cédé sa place à l'avant, c'est Thibault.

Le monsieur a dit d'un air coquin :

L'adorable papy – Bonjour jeunes gens ! Vous allez pouvoir me venir en aide. Je viens d'être kidnappé par de séduisantes fleuristes et je ne sais pas du tout ce qu'elles me veulent. Pourriez-vous les persuader de me relâcher ?

Nicolas – Désolé man, mais quand ces deux-là ont quelque chose dans la tête, elles deviennent de vrais pitbulls !

L'adorable papy – Bien. Je vous préviens que personne ne s'apercevra de ma disparition, quant à la rançon, je ne connais pas un seul individu sur cette terre qui accepterait de la payer pour me récupérer.

Léa – Alors, qu'est-ce qu'on fait ? On le relâche ???

Justine – Ben ouais.

Léa – D'abord, on fait ce qu'on avait dit.

Le vieux a essuyé une larme discrète lorsqu'on lui a ouvert la portière et qu'il a reconnu l'entrée du cimetière du Valjoli. On a marché avec lui jusqu'au caveau de famille où reposaient sa femme et son fils.

L'adorable papy – Simone et Paul, je vous présente mes nouveaux amis. Ils m'ont accompagné jusqu'ici parce que vous savez bien qu'avec mon cœur, c'est plus comme avant. Ne t'inquiète pas Simone, ce sont des jeunes sympathiques... Tu te fais toujours du souci pour rien !

Puis il s'est retourné dans notre direction avec un large sourire et, voyant nos mines bouleversées, il s'est écrié :

L'adorable papy – Oh non les enfants, souriez-moi ! Il ne faut pas que les morts occupent plus de place que les vivants.

Et prenant le visage de Léa dans ses mains, il a ajouté :

L'adorable papy – N'est-ce pas, princesse ? Les morts doivent rester où ils sont. S'ils sont morts c'est qu'ils avaient fini d'exister. Il ne faut pas chercher à les faire revenir ici-bas.

Si j'avais cru aux fantômes, j'aurais juré que le père de Léa était revenu quelques instants sous une autre forme pour délivrer un message à sa fille. Il l'avait appelée princesse, il avait tenu son visage avec douceur entre ses mains... Ma meilleure amie a pleuré tout doucement dans les bras de ce grand-père tombé du ciel.

C'est Nicolas qui nous a sortis du chagrin.

Nicolas – Dis donc papy, à part déchaîner des passions chez les fleuristes, qu'est-ce que tu fais de ta soirée ?

L'adorable papy – *Navarro* à la télé et peut-être des mots croisés...

Nicolas – Et faire une virée en voiture avec nous, ça te dirait ?

L'adorable papy – Si je vous offre un verre, oui !

Jim – Alors c'est parti !

Et tandis qu'on rejoignait la voiture, Nicolas a pris Léa par l'épaule et lui a chuchoté quelque chose à l'oreille. Elle lui a souri et l'a embrassé sur la joue. Ils ont continué le chemin main dans la main.

Lorsque Jim a démarré, vitres ouvertes et *You're the first* de Barry White à fond, j'ai regardé, lovée dans les bras de mon prince, le cimetière qui rapetissait derrière nous, et j'ai pensé à mon ange gardien sur roues. Elle avait raison : oui, la vie était un cadeau du ciel, un merveilleux cadeau...

Tu veux savoir
comment je me suis débarrassée
d'Ingrid-la-peste pour une *après-midi de folie*
avec Thibault ? Ou pas...

Tu veux savoir comment Eugénie-la-grand-mère-loufoque
a sauvé Jim d'une *terrible injustice* ?

Tu veux savoir comment mon père, en pseudo-héros,
m'a mis la honte devant *mon prince* ?

Tu veux savoir comment une soirée ennuyeuse de baby-sitting
s'est transformée en *soirée de rêve* ?

Tu veux savoir tout ça et *encore plein d'autres choses* ???
Alors lis **Le grand moment que j'attendais** !
Partie 1...

L'auteur

Après avoir passé toute son enfance à rêver au milieu des livres dans la librairie de son père ou dans l'imprimerie de son grand-père, Sylvaine Jaoui a décidé une fois pour toutes que la vie était un roman. Elle s'est donc mise à raconter des tas d'histoires à dévorer entre deux tranches de carton.

Aujourd'hui, si vous ne la trouvez pas en train d'écrire sur la table de sa cuisine, vous avez quatre possibilités : soit elle écoute Bach en regardant le soleil se lever, soit elle regarde des séries avec ses filles en mangeant des fraises Tagada, soit elle est sur la colline éternelle à rire avec des amis, soit elle est dans son lycée à Paris, lisant des romans à sa tribu d'ados.

Retrouvez Sylvaine Jaoui :

sur son blog
sylvainejaoui.fr

sur sa page Facebook,
Sylvaine Jaoui, auteur

L'illustratrice

Lorsqu'elle est née, la petite Colonel Moutarde a déclaré à sa maman qu'elle voulait être dessinateuse. C'est chose faite. Il lui faudra cependant quelques années avant d'être publiée, mais on ne décourage pas facilement un Capricorne.

Elle publie dorénavant chez de grands éditeurs de bandes dessinées (sa passion), en presse et en publicité.

Elle aime par-dessus tout mettre en images de chouettes histoires et ne boude pas pour autant les petits plaisirs de la vie comme de réveiller le chat qui fait la sieste, porter des bijoux gothiques pour effrayer ses enfants et s'acheter des tutus.

Rejoins la communauté
sur la page officielle Facebook
Ma Vie selon Moi

Dans la même série

Le jour où tout a commencé

C'est encore l'été mais ça sent déjà le lycée !

À quatre jours de l'entrée en terminale, j'ai donné rendez-vous à mes meilleurs amis chez moi... Moi, c'est Justine, et vous ?

Dans la même série

Le grand moment que j'attendais

Je ne sais plus quoi penser de Thibault. Pourquoi a-t-il pris ses distances ? Et que veut donc me révéler Jim ? Quoi qu'il en soit, c'est bientôt mon anniversaire et je suis sûre qu'il sera I-NOU-BLI-ABLE !

La soirée dont j'ai tant rêvé

Il a suffi d'un baiser innocent et sans importance pour que ma vie soit bouleversée. À jouer avec le feu, j'ai tout perdu. Ma belle histoire avec Thibault semble terminée. À moins que la soirée qui se profile me permette de le reconquérir. À nous deux l'amour !

Le happy end que j'espérais

5, 4, 3, 2, 1… le bac, c'est demain !

Allez, on arrête de réviser et on va faire un tour en barque, tous ensemble, pour échanger fous rires et confidences.

Mais est-ce réellement une bonne idée ?

L'avenir comme je l'imaginais… ou pas

Ça y est ! Le bac est derrière nous et la vraie vie peut débuter. C'est le moment de faire le point sur nos envies et surtout… de les réaliser. À commencer par la recherche de l'appartement idéal et la conquête de la liberté qui s'offre enfin à nous.

Mais si l'avenir nous sourit, est-il vraiment tout tracé ?

Dans la même série

Ensemble, enfin !

Prêts pour un nouveau départ ? Alors ciao la maison bleue, hello la maison rose ! Emménagement, nouveaux repères, choix d'une colocataire, début des cours… que de changements en perspective !

Mais l'essentiel c'est qu'on vive tous ensemble. Enfin presque tous. Si seulement Thibault n'était pas si loin… et le beau Thomas si près de moi !

Sous le soleil de Floride

Ça y est, nous sommes tous dans l'avion direction Miami ! Nous partons rejoindre Thibault qui nous a concocté des vacances de rêve : balades en mer, soirées folles et visites pleines d'imprévus… Pourtant je suis inquiète. Comment vont se passer nos retrouvailles ? Le temps du vol, j'imagine tous les scénarios possibles…

sauf le bon ! La vie réserve d'incroyables surprises !

Rien ne sépare ceux qui s'aiment

C'est l'effervescence à la maison rose ! Ingrid nous a annoncé l'arrivée de son lover américain, Nicolas a décidé de changer d'orientation, Jim mène sa vie en douce et Léa a l'air de douter de ses amours.

En ce qui me concerne, je révise, je révise, je révise… Thibault est loin de moi, je ne sais plus quoi penser de Thomas.

Mais il est où le prince charmant ???

Les secrets de la série

NOUVEAUTÉ
À paraître en octobre 2017

Retrouvez
Justine & les CIK
en
bande dessinée !
NOUVEAU
Tome 1
Sylvaine Jaoui • Véronique Grisseaux • Sophie Ruffieux
Ma vie selon Moi
T.1 Le jour où tout a commencé
VENTS D'OUEST
VENTS D'OUEST

PAPIER À BASE DE
FIBRES CERTIFIÉES

RAGEOT s'engage pour
l'environnement en réduisant
l'empreinte carbone de ses livres.
Celle de cet exemplaire est de :
450 g éq. CO_2
Rendez-vous sur
www.rageot-durable.fr

Achevé d'imprimer en France en août 2017
chez Normandie Roto Impression s.a.s., à Lonrai
Dépôt légal : octobre 2017
N° d'édition : 5652 - 01
N° d'impression : 1702536